부부,
대화가 필요한
사이

금성여자와 화성남자의 대화법이 콘텐츠가 되다

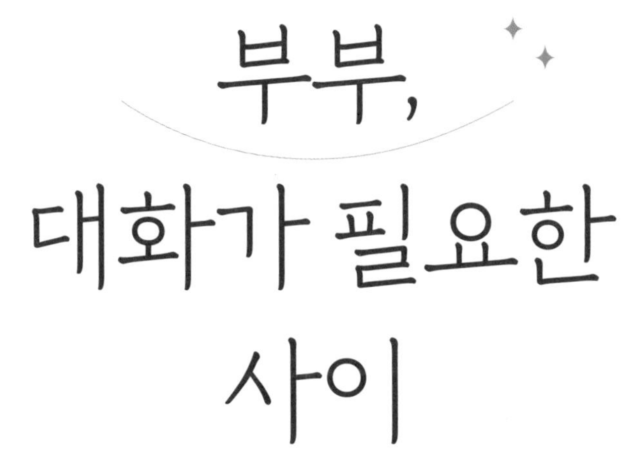

이주연·신다연·안민정·장성진·오소혜·탁혜경 공저

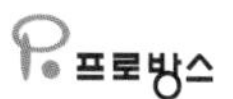

서 문

'부모교육, 나를 사랑하게 되는 부모교육, 배우자와의 대화법, 그리고 화성남과 금성녀'

이 연결고리는 무엇일까요? 저는 '소통'이라고 생각합니다. 여러분들 의견은 어떠세요?

보웬(Murray Bowen, 1913~1990)을 비롯한 많은 가족체계 이론가가 말하는 공통점이 있습니다. 사회의 기본 단위인 가족은 하나의 유기체이고 그 가족의 중심은 부부라는 것입니다. 그래서 한국심리적성협회의 '나를 사랑하게 되는 부모교육' 프로그램에서는 결국 나 자신을 알아가는 '자기 인식'의 과정을 거친 후, 배우자와 자녀에 대한 가족 간 역동을 분석합니다. 이때 배우자에 대해 '이 사람은 어떤 사람일까?' 하는 궁금한 마음을 가져보는 시간이 있습니다. 그런 과정에서 참여하신 엄마, 아빠들이 교육 프로그램을 함께 하며 마음 수다를 떨었습니다.

매 차시 수업을 진행하고 그 내용을 자신이나 생활에 적용해 보는 과제를 드렸습니다. 수업 시간에 배운 이론, 개념을 실제 생활에 적용해 보아야 변화가 일어날 수 있으니까요. 감사하게도 열정적으로 집중하셔서 실제 변화를 보여주시더군요. 자신의 변화가 배우자에게 울림을 주었다고들 하십니다. 이 소중한 사례들을 흘려보내고 싶지 않았습니다. 교육과정 중에 작성된 과제 중에서, 소통과 대화법에 관한 내용을 글로 남겨보기로 했습니다.

이렇게 지식의 소비자에서 생산자가 된 6명 엄마. 아빠들의 이야기를 들어보세요. 교육학 심리학 이론이 지식에만 그치지 않고 일상에 어떻게 적용되었는지 디테일한 상황과 대화를 살펴보세요. 내용을 읽어보신 후에, 대화법에 관한 공부를 해야겠다고 생각하실 수도 있고, 나의 일상을 기록해 봐야겠다고 생각하실 수도 있습니다. 어떤 분은 '아, 이런 상황일 때는 배우자와 이렇게 대화를 해 봐야겠다.'라고 말씀하실 수도 있어요. 그런데 그중에서 꼭 드리고 싶은 말씀이 있습니다. 머리에만 머물 수 있는 교육 이론이 가정의 중심인 부부를 함께 성장시킬 수 있습니다.

배우자를 관찰하면 보이는 것들, 자녀 양육이나 양가 부모님에 대하여 규칙을 만들고 소통하는 방법, '말하지 않아도 알겠지!' 하며 표현하지 못했던 나의 감정과 욕구를 꺼내 놓기 시작하며 생기는 부부간의 변화에 관한 내용입니다. 인생의 가장 긴 시간을 함께하는 사이인 부부에 대한 실제적인 솔루션과 성장의 이야기들이 있습니다.

그리고 바로 그 이야기가 자연스럽게 콘텐츠가 될 수 있습니다. 왜냐하면, 자신의 경험에서 나온 이야기는 울림이 있으니까요. 평범한 부모들이 교육전문가가 된 과정이 여기 있습니다.

이 책은 모두 6장으로 구성되어 있습니다. 6인 6색으로 6명의 작가가 모였으니까요. 이들은 중등학교나 어린이집 등 교육 현장에서 일하시는 중이거나 육아로 일을 쉬고 계시는 엄마들, 그리고 연구원으로 직장생활을 하시면서 부모교육 콘텐츠로 지식 노매드의 삶을 준비 중인 아빠로 구성되어 있습니다. 모두 우리의 모습이기도 하죠.

1장은 개념을 안내하는 성격을 띠고 있습니다. 2장부터 6장까지 자신의 성장과 더불어 '소통의 방법'을 배우자에게 적용한 사례로 구성되어 있습니다. 공감 듣기와 말하기, 욕구와 감정의 표현, 그리고 그 도구들을 활용해서 약속을 정하고 믿음을 키워나가는 과정이 고스란히 담겨있습니다.

우리는 인생이라는 맥락 속에 살고 있습니다. 그 맥락 속에서 자신의 경험과 변화를 진솔하게 나눌 수 있죠. 그 나눔이 자연스럽게 서로를 성장시킬 수 있습니다. 그리고 그 성장을 기록하게 되면 자신만의 콘텐츠가 됩니다. 이 과정이 우리의 인생에서 일어날 수 있는 지극히 자연스러운 일이라고 생각합니다. 그 과정에 여러분들을 초대합니다.

인생의 내공과 청년 같은 젊음을 가지고 계시는 프로방스 출판사의 조현수 대표님께 감사드립니다. 계약서 작성 때문에 저의 도곡동 연구실로 오셔서 해 주신 말씀이 있습니다.

"인생은 사랑으로 나누면 자연스럽게 채워집니다."라는 말씀이 가슴에 깊이 와닿았습니다. 그렇게 사랑으로 나누는 이 과정의 모든 인연, 함께 한 분들의 노력과 열정에 대해 깊이 감사드립니다.

햇살이 반짝이는 양재천을 바라보며,

주연 Director 주연

차례

PART 2

나와 남편을 다독이는 시간, 토닥토닥 마음 대화

신다연

PART 3

당신의 마음이 궁금해

안민정

PART 4 남편도 성장이 필요하다

장성진

PART 5 아내가 된 미술심리상담사, 대화법을 바꾸다

오소혜

PART 6

남편, 나의 기적에게 말하다

탁혜경

Part 1

* 프롤로그
* 두 섬처럼 따로 또 같이
* 부모교육, 가족 이해 그리고 부부
* 우리가 연결되는 방법 _나 메시지
* 우리가 연결되는 방법 _감정과 욕구 이전에 관찰
* 우리가 연결되는 방법 _공감 듣기
* 연결 후, 약속 정하기 그리고 무패 방법
* 나를 담은 이야기가 콘텐츠가 되다

금성 여자와 화성 남자의 부부 대화법

이주연

프롤로그

'별처럼 수많은 사람 중에 그대를 만나, 꿈을 꾸듯 서로를 알아보고'

K-팝 가사에 있는 한 소절이 떠오른다.

화성에서 온 남자와 금성에서 온 여자가 만났다. 가끔 화성과 금성이 혼동되지만 확실한 건 전혀 다른 별에서 왔다는 거다. 흔히 엄마의 사춘기 살롱(한국심리적성협회 연구실의 별칭이다)을 찾는 부부들의 이야기를 들어보면 배우자에게 문제가 있다고 하고 자신에겐 문제가 없다고 한다. 자신의 문제라고 생각하지 못하는 경우가 많다. 서로의 다름을 인정하지 못하고 자신의 의도대로 배우자가 행동하길 원하기 때문에 부부간의 갈등이 생긴다. 아이들의 진로와 성적에 대한 고민으로 오시는 경우에도 그 뒤에는 부모 즉 부부의 문제가 있다. 그만큼 하나의 가족이 출발되고 이어져 오기 위해서는 부부의 관계가 중요한 역할을 한다.

만 10년 전까지 나는 중학교 교사였고, 박사학위를 마친 학생이었고, 두 아이의 엄마였으며, 아내였고, 맏며느리이자 맏딸이었다. 어림잡아도 다섯 가지가 넘는 페르소나를 잘 수행해 내려고 노력하였다.

교직을 떠나기 전 마지막 여름 방학 때의 일이다. 개학을 하루 앞둔 날 아이 방학 과제를 봐준 뒤 식사 준비를 하려고 식탁에서 일어나다 쓰러지며 발목을 접질렸다. 집은 서울, 직장은 충주이기 때문에 당장 다음 날 출근할 일이 까마득했다.

'개학 날부터 담임이 없으면 안 되는데, 어떡하나? 당장 걷기도 힘든데, 학교에서 교무실과 교실을 왔다 갔다 하며 일을 처리할 수 있을까?' 하는 생각이 꼬리에 꼬리를 물었다. 결국, 나는 출근을 하기로 하고 오른쪽 발목을 접질렸음에도 불구하고 운전을 해서 출근했다. 지금 돌이켜보면 내게 주어진 여러 역할에 충실히 하려고 했던 그 작은 결정이 결국은 학교를 퇴직하게 되는 큰 결정으로 이어졌다. 그 작은 결정으로 회복 시간이 늦어졌다. 그 이전 서울과 충주를 오가는 3년 동안의 출퇴근으로 쌓인 피로로 건강이 많이 안 좋아진 것도 큰 이유가 되었다.

발목을 접질린 그 날, 그 상황을 침착하게 이야기하고 단 며칠이라도 휴가를 신청하고 치료를 받았으면 어땠을까? 또한, 출근하더라도 대신 운전해달라고 남편에게 부탁했더라면 어땠을까? 난 왜 그렇게 하지 않았을까? 아니 왜 못했을까?

따지고 보면 거기에는 내 존재는 어디에도 없었기 때문이다. 학교 교사의 역할, 남편을 배려하는 아내의 역할이 지나치게 팽창되어 있었다. 내 건강이 안 좋아지면 그 모든 것을 하지 못하는데, 그때는 그것을 조절할 내면의 힘이 없었다.

나는 남편을 배려해서 충주까지 데려다 달라는 말을 못 했다. 그런데 시간이 지나고 나니 배려했다는 사실보다 그 당시 내 감정에 솔직하지 못한 것이 더 크게 남아있게 되었다.

가장 가까운 사이여서 말로 해야 아나 싶은 것들이 많다. 보면 모르나 싶은 생각도 있다. 그런데 놀라운 것은 정말 말로 해야 알더라는 것이다.

'별처럼 수많은 사람 중에 그대를 만나, 꿈을 꾸듯 서로를 알아보고'

이 우주에서 그렇게 수많은 사람 중에 만난 두 사람이 꿈을 꾸듯 서로를 알아보았는데, 삶 속에서는 치열하게 말을 해야 알 수 있다는 것을 이론으로만 알았다. 그 말이라는 것의 핵심이 바로 자신의 감정과 욕구를 표현하고 상대방의 감정과 욕구를 귀 기울여 듣는 것이다.

발목을 접질렸던 그날의 사건 이후 이론으로만 아는 것을 일상에서 시의적절하게 표현하는 것을 연습해 오고 있다. 그 연습이 이론과 연결되어 삶을 변화시키는 현장으로 여러분을 초대할 수 있는 출발점이 되었다.

나에게 '별처럼 많은 사람 중에서 만나는 그대'란, 바로 나의 공부 인연인 수강생 여러분들을 말하기도 한다. 이렇게 만난 수강생 여러분들과 부모교육코칭전문가 자격증 과정을 공부하고 있다. 그 교육과정 중에 대화법이 있다.

그 과정 중에 체험한 사례들과 성장의 에너지를 남기고자 공저를 하게 되었다. 이 공저는 자연스럽게 우리들의 성장기로 이어졌다. 이 책에는 멀리 떨어져 있는 별에서 온 부부가 어떻게 서로의 마음을 이야기하는지에 대한 울림이 있다. 그것은 마음의 소통이다. 나의 마음을 알아차리고 그 마음을 배우자에게 전달하는 과정, 그리고 그 배우자의 내면을 궁금해하는 사랑이 담긴 마음을 사례를 통하여 느낄 수 있다.

그리고 또 하나, 지금, 이 순간도 별처럼 수많은 사람 중에 이 글을 읽고 함께 마음을 소통하고 계실 당신을 떠 올려 본다.

2022년 양재천 오전 햇살 속, 연구실에서 이주연

두 섬처럼 따로 또 같이

우리는 부모이기 이전에 인간이다. 엄마도 인간이다. 엄마들은 학교에 다닐 때까지는 여자니까 공부를 하지 않아도 된다거나 여자라서 할 필요 없다는 이야기는 대체로 듣지 않고 성장을 한다.

그렇게 20년, 30년 가까운 삶을 살아오던 여자들은 결혼하고 아이를 낳게 되면 대부분의 가치가 가정 내의 역할로 바뀌게 된다. 여자아이에서 여자 어른인 엄마이자 아내가 된 그녀들은 이제까지와는 다른 생활 패턴으로 들어간다.

남편도 인간이다. 생계를 책임져야 한다는 부담감을 떨칠 수 없다. 어느 날 결혼을 하고 남편이 되고 보니 직장에서 돌아오면 아내의 이해할 수 없는 투정을 받아주어야 하고 아이들 양육도 함께 해야 하는 아빠의 역할이 기다리고 있다.

거기에 하나 더 부부 사이의 소통이 안 되면 이 모든 것들이 더 힘들어진다.

수강생분들이 이런 말씀을 하기도 한다.

"우리 부부는 어느 순간부터 말이 없어지고 있어요."

"늘 가까이 있는 사람인데, 말을 꼭 해야 아나? 보면 모르나? 하는 생각이 들어요."

가까이 있으면서도 동시에 멀게만 느껴질 수 있는 배우자와의 관계는 가족체계에서 핵심적인 부분이다. 처음에는 자녀들의 문제로 상담을 오셔도 돌아보면 부모 즉 부부간에 원인이 있다는 것을 알아차리게 되는 경우가 많다. 부모의 불안정한 심리를 아이에게 투사하는 경우나 불안정한 부부 관계에 아이를 끌어들이는 삼각관계를 만들고 있다는 것을 알게 된다.

강의나 상담 중에 그림책 심리코칭 기법을 사용하기도 한다. 나는 그림책에 대해 '그림책은 다양한 연령층에게 다양한 메시지를 주는 철학책이다.'라고 정의하곤 한다. 그 중에서 부부에 대한 주제를 다룰 때 사용하는 그림책이 있다. 그 제목은 「두 사람」이다.

두 사람은 드넓은 바다 위 두 섬처럼 함께 있지만 섬으로 떨어져 있다. 태풍이나 노을이 져도 함께 휩쓸리고 같이 물든다. 그러나 두 섬의 모양은 서로 달라서 자기만의 화산, 자기만의 폭포,

자기만의 계곡을 가지고 있다.

특히 따로 떨어져 있는 두 개의 섬을 나타내는 그림 장면이 부부의 관계를 잘 표현하는 듯하다. 이 장면 한 장으로 강의나 상담 현장에서 느낀 점을 나누어 보면 각기 다른 의견을 말씀하신다. 유독 얼굴 모양의 섬 모습이 서로 반대 방향을 향해 있는 것이 불편하게 느껴진다고도 한다. 그 표정이 화가 난 듯하다고 하신다. 또 다른 분들은 덤덤한 표정이 오히려 편안해 보인다고 하시는 분들도 있다.

같은 그림이 누구에게는 화가 나 있는 표정으로 보이고 또 어떤 이에게는 무덤덤하게 편안한 얼굴로 느껴지는 것은 우리 마

(출처: 「두 사람」사계절(출))

음의 투사 때문이기도 하다. 투사란 자신의 감정이 바깥에 원인이 있다고 생각되고 느껴지는 것을 말한다.

같은 바다 위 섬처럼 떨어져 있는 부부가 있다. 그 섬 안에 각자의 화산, 각자의 폭포가 있다는 것을 인정하고 어떤 화산이 있고 어떻게 떨어지는 폭포가 있는지 표현할 수 있다면 서로를 조금 더 깊이 이해할 수 있다. 바다 위에 떨어진 섬으로 있는 것은 문제가 되지 않는다. 바다 위 섬은 서로 다른 섬으로 있는 것이 자연의 이치이기 때문이다. 인간도 자연의 일부라는 관점으로 보면 자연스럽게 받아들일 수 있다. 반면에 섬으로 떨어져 있는 이유가 무엇이냐고 외로움을 호소하거나 무작정 함께 해야 한다고 주장하며 소통하지 못하면 서로 단절감을 느낄 수 밖에 없다.

칼 구스타프 융은 인간의 의식과 무의식을 섬으로 표현했다. 물 위에 우리가 항상 볼 수 있는 부분은 '의식', 물이 찰랑거리며 보였다 보이지 않았다 하는 부분을 '개인 무의식', 그리고 물 속에 잠겨있어서 보이지는 않지만, 그 섬을 지탱하고 있는 부분을 '집단 무의식'이라고 했다. 섬들은 떨어져 있지만 섬과 섬 사이에는 물로 연결되어 있다. 마치 두 섬처럼 떨어져 있지만 그 사이는 서로의 소통으로 연결되어 있는 부부 사이가 연상된다.

공저 작업을 진행하면서 남편이 자신을 보고 작가님이라고 부르더라고 말하며 환하게 웃는 수강생 작가님의 얼굴이 떠오른다. 소통에 대한 이론을 실천하다 보니 그 울림이 마치 물을 매개로 섬과 섬이 연결된 것처럼 남편에게 전달되는 듯하다고 한다. 또다시 그 남편의 인정이 되돌아와서 그 작가님의 웃음으로 피어나고 있다.

이 책에는 부부 사이에 내 안에 어떤 폭포와 화산이 있는지 표현하고 또 상대방을 궁금해하며 소통을 해서 따로 떨어져 있어도 연결될 수 있는 사례들이 있다. 그 사례들은 바로 우리가 일상에서 함께 하는 가족 체계(system) 안에서 배우자와의 소통을 적용하고 성장하는 모습을 보여준다. 그리고 그 행간에는 열정 작가들의 마음이 오롯이 느껴진다.

이렇게 우리의 일상에서 배우고 알아차린 것을 자신의 콘텐츠로 만들어가는 과정의 열정 작가님들의 글로 여러분들을 초대한다.

부모교육, 가족 이해 그리고 부부

자녀에게 무엇을 어떻게 해 주어야 할지 모르겠다고 상담을 받으러 오시는 부모님들이 많다. 가족이 유기체이고 그 가족의 중심은 부부라는 관점에서 보면 자녀에게 무엇을 해 주어야 한다는 생각을 내려놓으시라고 말씀드린다. 그리고 나를 먼저 돌아보고 배우자를 바라보는 과정을 함께 하시라고 한다. 부모교육인데 나를 사랑하게 된다는 의미는 무엇인지에 대한 질문을 받는다. 이에 대한 대답도 마찬가지이다.

부모라는 이름으로 헌신해야 하는 것과 부모이기 이전에 한 사람으로서의 '나'가 그 어디쯤에 있을까 하는 깊은 질문을 가지고 살아왔다. 존재에 대한 의문은 타인과의 연결, 공동체 의식과는 어떤 접점인지에 대해서도 연결된다.

"사람들과의 관계에 집중하다 보면, 나를 잃어버리는 것 같아요."

"나부터 생각하자니 이기적인 것 같고, 주변을 챙기자니 마음의 힘이 없어져요."

나의 내면을 탐색하는 시선과 주위를 돌아보고 역할을 수행하는 관점 그 어딘가가 궁금했다. 균형을 어떻게 잡을까에 대해서 문제의식을 느끼고 살아온 듯하다.

나의 내면, 존재로 시선을 돌리면 나라는 사람의 무의식까지 돌아보게 된다. 인간의 무의식에 있는 욕망을 서슴없이 말했던 프로이트, 무의식의 창조적인 에너지를 강조하며 프로이트와 결별한 칼 융, 그리고 무의식에 관한 관심을 초기 기억으로 정리한 아들러, 이 3명의 심리학자는 어쩌면 내면으로의 시선과 외부로 돌리는 관점 사이의 그 무엇인가를 각자의 관점에서 말하고 있다. 나는 늘, 이 세 명의 심리학자를 두고 궁금한 마음이었다. 3명 중, 외부로 돌리는 관점, 즉 공동체 의식을 강조했던 아들러에 대해서는 더욱 궁금했다. 살아계신다면 찾아가서 물어보고도 싶었다.

"당신이 말하는 공동체 의식, 열등감을 우월의식으로 승화시키라는 그 말이 지나치게 관계 지향적으로 해석될 수 있지 않느냐?"고 질문하고 싶은 적이 있었다.

그 궁금함에는 자신의 내면으로 집중하고 성찰하는 것이 이기적이거나 고립된다거나 공동체 의식에 어긋나는지도 궁금했기 때문이다. 그러던 중, 아들러가 말하는 공동체 의식이 표면적인 관계지향이나 단순히 열등감을 극복해서 공동체 안에서 우뚝 서라는 말 이상의 깊은 의미가 있다는 것을 알아차리게 되었다. 아들러가 말하는 공동체 의식에 도달하려면 자신의 내면 깊이를 성찰하는 단계가 필요하다. 그렇게 자신을 사랑하게 되면 그 마음이 다시 공동체로 깊이 연결된다. 그 원리를 나는 온 마음과 경험으로 이해하기 시작했다.

그다음에는 자신의 내면을 성찰하고 사랑하게 되어 다시 공동체로 연결되기 위해서는 무엇이 필요할까에 대한 궁금증이 생겼다. 그리고 이론에 그치지 않고 내가 변하려면 나아가 우리가 함께 변화하려면 어떤 부분에 집중해야 할까에 대하여도 늘 화두처럼 문제의식을 느끼고 살아왔다. 바로 구체적인 실천 전략이 필요했다.

이때 나에게 찾아온 분이 마셜 로젠버그이다. 비폭력 대화를 이야기했던 마셜 로젠버그는 비폭력은 우리 안에 잠재한 긍정적인 면이 밖으로 나타날 수 있도록 하는 것이라고 했다. 지금 이 세상이 경제적 성공만이 중요하고, 민족 간의 다툼으로 피를 흘리는 상황에서 살아남으려면 우리가 좀 더 냉혹해져야 한다는 관점에 동의하지 않는다고 하고 있다. 이 세상은 우리가 만들어 놓은 것이어서 우리가 변하면 이 세상도 바꿀 수 있다고 말한다.

그런 관점으로 가정을 돌아보자. 내가 변하면 아이가 보이고 배우자가 보인다. 나를 알면 세상이 보인다.

'나를 사랑하게 되는 부모교육'은 한국심리적성협회에서 운영하는 부모교육코칭전문가 자격증 과정의 별칭이다. 이 과정은 부모이기 이전에 한 인간이었던 나를 찾는 과정부터 시작한다. 그리고 체계 즉 시스템으로서의 가족을 돌아보는 과정으로 이어진다. 가족은 현 가족과 원 가족으로 나뉜다. 지금 현재 가족의 모습과 함께 원 가족을 탐색해 보면 다시 관점이 나에게로 돌아온다.

나를 알기 위해서는 성장 과정에서 나의 원 가족 구성원 간에 어떤 역동이 일어났는지 분석할 필요가 있다. 미국의 심리학자이자 가족치료의 어머니인 '버지니아 사티어(Virginia Satir, 1916~1988)'는 '원가족 삼인군'을 이야기한다. '원가족 삼인군'에 주목하는 이유는 우리들의 부모 두 분과 나 사이에 과거 성장 과정에서 어떤 역동이 일어났는지 돌아봐야 하는 것에 큰 의미가 있기 때문이다. 나와 나의 부모, 배우자와 배우자의 부모 즉 부부 각각의 '원가족 삼인군'을 분석한다는 것의 의미는 나와 배우자가 각자 어떤 사람인지 이해할 수 있는 단서를 제공한다. 그런 객체, 존재가 만나서 부부라는 관계로 재조명해 보게 된다.

'나를 사랑하게 되는 부모교육'은 나를 사랑하는 성찰의 시간으로 시작하여 가족체계 이론으로 마무리되지만, 그 안에서 다시 나의 깊은 존재로 돌아오도록 구성했다. 나의 존재를 성찰하고 나를 사랑하게 되면 내면이 안정된다. 그리고 주변이 보이기 시작한다. 한마디로 '나를 사랑하게 되는 가족 이해 교육'이다.

이제 아는 것으로 그치지 않고 변화할 수 있다면 어떨까?

그렇다면 우리를 바꾸기 위해서는 어떻게 해야 할까?

우리 자신을 바꾸는 것은 우리가 매일 쓰는 언어와 대화 방식을 바꾸는 것에서 시작한다.

나의 내면에 있는 욕구와 감정을 궁금해하고 알아차리는 시선, 그것을 표현하는 것, 그리고 상대방에 대해서도 상대방의 욕구와 감정을 궁금해하는 마음을 갖는 것이 실천방법이다. 나 자신의 감정과 욕구를 알아차리고 표현하고, 그와 같은 원리로 상대방의 감정과 욕구를 들어주는 것이 의사소통의 핵심이다. 단순한 대화의 스킬이 아니라 솔직함으로 감정과 욕구를 표현하고 들을 수 있을 때 우리의 대화와 소통은 비로소 완성될 수 있다.

그것이 바로 우리의 내면에 대한 성찰과 동시에 공동체 의식으로 확장할 수 있는 실천적 방법이라고 생각한다. 그래서 함께 공부하고 실생활에 적용하고 변화하기 위해 노력하고 있다.

지금부터는 이 글에 적용된 소통에 대한 이론에 해당하는 부분인 '나 메시지, 감정과 욕구를 표현하는 것과 듣는 것, 그리고 무패 방법'에 대한 개념을 말씀드리고자 한다.

우리가 연결되는 방법 _나 메시지

'토머스 고든(Thomas Gordon, 1918년 3월 11일~2002년 8월 26일)'은 미국의 심리학자이다. 그는 효과적인 의사소통과 갈등 해결을 결합한 '고든 모델'(Gordon Model) 또는 '고든 방식'(Gordon Method)을 제시하였다. 그가 이야기한 의사소통 방식에는 우리에게 익숙한 '나 메시지'가 있다.

나 메시지는 나의 관점으로 이야기하라는 것이 요점이다. 어쩌면 자꾸 하게 되는 상대방 탓을 자신에 대한 관점으로 돌리라는 철학적 배경이 보인다. 토머스 고든은 나 메시지에 행동과 감정 그리고 영향, 이 3가지를 담고 있어야 한다고 말한다. 나 메시지를 다시 풀어서 이야기하면 상대방에게 이야기할 때는 지금 행동의 설명, 그리고 나의 감정, 마지막으로는 상대방의 행동이 나에게 미치는 실제적이고 구체적인 영향을 표현하라는 것이다.

예를 들어 퇴근 시간 이후 배우자를 기다리고 있는 상황에서 배우자가 전화하지 않고 밤늦게 집으로 들어왔다고 해 보자. 나-메시지가 아닌 너-메시지로 이야기하게 되면, "당신 때문에 내가 얼마나 힘들었는지 알아?" "약속도 지키지 않는 무책임한 사람"이라고 배우자를 단정 짓고 몰아붙이게 될 수 있다. 그런데 관점을 나로 돌리면 배우자와 연락이 되지 않을 때 나는 실제로 어떤 감정이 드는 걸까? 걱정이 되는 걸까? 불안한 걸까? 아니면 내가 다른 일을 하고 싶은데 배우자를 기다리느라 하지 못하게 되는 것에 대해 언짢은 마음이 드는 것을 걱정한다는 말로 포장하는 걸까? 와 같이 자신의 내면으로 시선을 돌리게 된다.

배우자가 밤늦게 왔을 때, 다음과 같이 말할 수 있다.

"전화해서 늦을 거라고 말해 주지 않아서 걱정했어. 걱정되어 내가 아무 일도 못 했어."라고 말하는 경우를 분석해 보자.

여기에는 3가지의 요소가 있다.

첫째는 지금 행동의 설명에 대한 것이다. 전화해서 늦을 거라고 말해 주지 않은 행동에 대한 설명이다.

둘째는 자신의 감정이 걱정되었다는 것이다.

셋째는 구체적인 영향을 말하라는 것인데, 여기에서는 걱정이 되어서 내가 배우자 때문에 일을 못 했다는 것이다.

이렇게 지금 행동의 설명, 그리고 나의 감정, 마지막으로는 상대방의 행동이 나에게 미치는 실제적이고 구체적인 영향을 표현하라는 이야기이다.

토머스 고든의 나 메시지는 마샬 로젠버그의 비폭력대화와 어떤 점이 다를까? 토머스 고든(1918년~2002년)과 마샬 로젠버그(1934~2015)를 비교해 보자면 마샬 로젠버그는 욕구를 강조하고 있다.

비폭력 대화에서 다음과 같은 내용이 나온다.

밤에 가로등 아래에서 무엇인가를 찾는 한 남자의 이야기입니다.
근처를 지나던 경찰관이 그에게 물었다.
"무얼 하십니까?"
취기가 있어 보이는 남자가 말했다.
"제 자동차 열쇠를 찾고 있습니다."
"열쇠를 여기서 떨어뜨렸습니까?"
"아니요. 열쇠는 저쪽 골목길에서 잃어버렸어요."
이상하게 쳐다보는 경찰관의 눈길을 느낀 남자가 덧붙였다.
"하지만 저 골목길보다 여기가 훨씬 밝아요."

우리의 문화적인 조건과 환경은 내가 원하는 것을 찾을 수 없는 곳에 우리 관심의 초점을 두도록 가르친다. 관심의 초점-의식의 빛-을 내가 추구하는 것을 얻을 가능성이 있는 곳에 비추는 훈련 방법으로 나는 NVC*를 개발했다. 삶에서 내가 원하는 것은 가슴에서 우러나와 서로 주고받을 때 나와 다른 사람 사이에서 흐르는 연민이 된다. (「비폭력 대화, 한국 NVC센터」, P27)

바로 욕구에 대해서 초점을 두고 그 욕구를 알아차리고 표현하고 들어 보자는 마샬 로젠버그의 관점이 토머스 고든과 다른 점이다. 나 메시지에 '욕구'가 첨가되고 있다.

"전화해서 늦을 거라고 말해 주지 않아서(행동) 걱정했어(감정). 걱정되어 내가 일을 못 했어(상황)."

토머스 고든의 '나 메시지'에 욕구를 첨가하여 '비폭력 대화'로 이야기하면 어떨까?

"전화해서 늦을 거라고 말해 주지 않아서(관찰) 걱정했다(감정). 당신의 일정을 알고 싶고 내 마음이 불안해지고 싶지 않았어(욕구). 다음부터는 예정보다 늦을 때는 미리 연락했으면 좋겠어(부탁)."

---

* NVC는 Nonviolent Communication, 비폭력 대화의 약자를 말한다. 마셜 B 로젠버그가 이야기한 의사소통 방식이다. 관찰, 감정, 욕구, 부탁의 4단계를 거쳐서 자신의 마음을 표현하고 같은 맥락으로 상대방을 관찰하고 감정, 욕구, 부탁을 궁금해하고 읽어주는 방식의 의사소통을 의미한다.

나 메시지와 비폭력 대화의 관계를 수식으로 나타내 보라고 한다면 비폭력 대화가 나 메시지를 포함하고 있다. 비폭력 대화에는 나 메시지를 포함하여 욕구를 더 강조하고 있다. 그리고 하나 더 '나'뿐 만 아니라 상대방의 욕구와 감정도 궁금해하는 '공감 듣기'를 비폭력 대화는 포함하고 있다.

한 사람의 남자와 여자가 만나서 결혼을 하고 자녀 양육을 하고 일상에 파묻혀서 서로의 마음을 돌아볼 겨를이 없는 경우가 많다.

나에게 생후 1년이 안 된 첫 아이가 있을 때, 남편은 공부를 계속해야 하는 상황이어서 주말 부부를 해야 했다. 남편은 주중에 밤을 새워 연구하고 주말에는 어김없이 내려와서 월요일 아침에 올라갔다. 그 당시 나에게는 일주일 동안의 일정한 리듬이 생겼다. 목요일을 기준으로 남편이 서울에서 온다는 생각을 하며 일상의 준비를 하기 시작해서 금요일 밤에 오면 주말을 지냈다. 그리고 일요일 저녁이 되면 왠지 모를 우울감을 느꼈다. 월요일 아침에 서울로 출발하는 남편의 뒷모습을 보고 나도 출근을 서둘렀다. 그때 나는 직장생활과 아이 양육을 혼자 한다는 마음으로 이 상황을 잘 견뎌내야 한다는 압박을 받고 있었나 보다. 그러니 감당해야 하는 일상이 있을 뿐 상대방의 마음에는 크게 관심이 없었다. 마음이 궁금하지 않으니 무엇을 하고 싶어 하고 감정이 어떤지에 대해서 구체적으로 신경쓰지 않았다. 지금 생각해 보면 그도 직업을 가져야 하는 절박한 마음으로 공부를 하고 있었으니 그 당시 그때의 감정과 원하는 바가 있었을 것이다.

그 마음을 이야기하지 않고 각자 배우자로서 역할에 집중해서 노력한 듯하다. 나 또한 내가 할 수 있는 아내와 엄마 역할에 집중했다. 그 외에 다른 것을 돌아볼 여유가 없었다.

주말에 오는 남편에게 좀 더 구체적으로 '당신이 며칠 만에 오니까 설레네.' '당신과 일주일 동안 있었던 일을 좀 더 이야기하고 싶고 공감받고 싶어.'와 같은 감정과 욕구(원하는 바)를 이야기했으면 어땠을까?

한편 남편으로서는 "내가 실험실에서 좀 피곤하네. 실험 결과를 먼저 내야 하는 경쟁이 치열해서 불안하기도 해." "내가 잠깐 쉬고 한 시간 정도 후에 재윤이와 놀아줄게."

솔직하게 자신이 쉬고 싶은 욕구를 말하고 어느 정도 후에 아이와 놀아줄 수 있는지, 배우자와 대화할 수 있는지 시간도 정해서 이야기하면 어땠을까.

일상을 견디는 과정에서 마음이 연결되면 일상의 고단함이 훨씬 덜할 뿐 아니라 서로를 이해할 수 있다. 마음과 마음이 연결된다는 것은 어떤 것을 의미할까? '서로의 감정과 욕구가 만나서 받아들여지는 것'으로 이해될 수 있다.

감정과 욕구에 초점을 맞추어 보면 자신의 마음이 이해될 수 있다. 그 마음을 표현하는 것이 진정한 소통법이 아닐까? 소통(막히지 아니하고 잘 통함. 뜻이 서로 통하여 오해가 없음, 네이버 사전)의 사전적 의미를 살펴보면, 정체되지 않고 고여있지 않은 것을 의미하기도 한다. 우리는 각각의 섬으로 고유성을 지니고 떨어져 있지만 동시에 그사이에는 물이라는 매개체가 있어 연결되어 있다. 그 연결성의 의미가 소통이다. 그래서 연결되고 소통한다는 것은 내 마음의 감정과 욕구를 표현하고 상대방의 그것을 궁금해하면서 듣는 것이다.

여기에서는 토머스 고든의 저서를 중심으로 그가 말하는 '나 메시지'와 마샬 로젠버그의 '비폭력 대화'가 어떤 연결고리가 있는지 함께 정리해 보았다. 정리되고 심플해져야 행동으로 실천할 수 있다고 생각하기 때문이다.

우리가 연결되는 방법 _감정과 욕구 이전에 관찰

대화는 주고받는 시스템이다. 마음을 주고받는 것을 표현하는 것을 대화법이라고 할 수 있다. 마음이라는 것은 나의 마음속 감정과 욕구를 표현하고 그와 같이 상대방의 감정과 욕구에 대하여 궁금해하는 마음을 가지고 듣는 것이다. 이렇듯 서로 욕구와 감정의 상호작용을 소통이라고 하고 그것을 언어적으로 표현하는 것이 대화이다. 그 출발점에는 무엇이 있을까?

비폭력대화에서 마샬 로젠버그는 마음을 표현하는 대화법에 4단계(관찰, 감정, 욕구, 부탁)를 거쳐서 진행해 보라고 권하고 있다. 그 첫 단계가 '관찰'하는 단계이다. 언어적으로 표현하기 전에 '관찰'하는 단계가 필요하다.

수강생 분들에게 가족을 관찰하는 일지를 일정 기간동안 작성해 보시라는 과제를 드린다. '관찰해 보니 보이는 것들'에 대한 분석과 나눔을 하다보니, 한 분이 이렇게 말씀하신다.

"제 남편이 요즘 무엇에 관심이 많은지 구체적으로 알겠어요. 건강에 대해서 관심이 무척 많아요. 식사도 건강식으로, 시간을 맞추어서 먹길 바라고 비타민도 그렇게 잘 챙겨서 먹어요. 이렇게 건강에 관심이 많은지는 미처 몰랐어요."

아무리 가까이 있어도 관찰을 하지 않으면 그 마음 속 깊이를 알 수 없다. 이렇게 관찰을 하면 상대방이 무엇을 원하는지 알 수 있다. 상대방 뿐만 아니라 내 마음도 관찰해 보면 나도 몰랐던 나의 욕구를 알 수 있다. 각자가 자신이 무엇을 원하는 지 모르고 산다는 것이 얼마나 답답하고 소통이 안 되는 상황일까.

진정한 관찰을 하기 위해서는 자신도 모르게 상대방을 단정짓고 평가하는 것을 어떻게 분리하느냐 하는 것이 핵심이다.

예를 들어 다음과 같은 말을 비교해 보자.

"주연이는 내가 분홍색 옷이 어울리지 않는다고 말했다."

"주연이는 내가 입은 분홍색 옷을 마음에 들어 하지 않는다."

위의 두 문장 중에서 어떤 문장이 「관찰」에 해당할까?

첫 번째 문장은 주연이라는 상대방이 어떻게 말한 내용을 객관적으로 표현하고 있다.

두 번째 문장은 화자(말하는 사람)가 주연이라는 상대방이 자신의 옷을 마음에 들어 하지 않는 듯하다는 판단을 말하고 있다.

또 다른 예로 살펴보자.

"그녀는 디자이너이다."라는 관찰일까 판단이 들어가는 문장일까?

다소 중립적이긴 하나 구체적이고 객관적인 표현이라고는 할 수 없다. 어떤 분야인지도 불분명하다. 그렇다면 "그녀는 패션디자이너이다."라고 한다면 관찰일까? 판단이 들어간 것일까?

패션디자이너라는 표현보다 '사람의 치수를 재고, 옷감을 자르고, 상의와 하의의 길이, 모양 등을 다양하게 만드는 사람'이라고 객관적인 사실로 표현하면 어떨까?

"그녀는 오소혜이다."

"그녀는 오소혜라고 불리는 사람이다."

"그녀는 오소혜라는 이름으로 불리는 34세 여자이다."

이 3개의 문장 중에서 어떤 문장이 객관적인 관찰의 완성도가 높을까?

관찰을 잘한다는 것은 철학적인 관점과도 맞닿아 있다.

우리가 어떤 사람일지에 대해 알아보는 활동 중에서 자신이 어떤 사람인지 표현해 보라고 하면 이름, 직업 등으로 자신을 표현한다. 이름이나 직업으로 자신을 표현하는 것이 진정 자신의 존재를 있는 그대로 온전하게 나타내고 있는 것일까?

이렇게 질문과 성찰을 하고 표현을 하는 과정을 통해 우리는 자기 인식을 하고 이어서 변화 성장할 수 있다. 이 변화의 도착점은 깊이 있는 '관찰'이라는 출발점과 맞닿아 있다.

비폭력대화에서 다음과 같은 내용이 있다.

크리슈나 무르티는 "평가가 들어가지 않는 관찰은 인간 지성의 최고 형태"라고 말한 적이 있다. 그 글을 처음 읽었을 때 '말도 안 되는 소리'라는 생각이 내 머릿속을 스치고 지나갔다. 그러고 나서 곧 나 자신이 평가했다는 사실을 깨달았다. 이처럼 우리 대부분은 판단이나 비판, 또는 다른 형태로 분석하지 않으면서 다른 사람이나 그들의 행동을 관찰하기가 쉽지 않다. (「비폭력 대화, 한국 NVC센터 64p」)"

그러니 우리가 판단하지 않고 관찰하고자 할 때 얼마나 많은 것을 볼 수 있을지는 실제 일상에서 적용해 보면 알 수 있다.

두 번째 단계인 감정 표현과 세 번째 단계인 욕구 표현 단계는 그 감정과 연관된 내 마음속 욕구를 알아차리고 또 그것을 표현하며 대화로 연결된다. 감정과 욕구를 표현하고 궁금해하기 위해서는 관찰이 되어야 한다.

관찰이 되지 않으면 그 다음 단계인 감정이나 자신의 원하는 바를 표현하고 들을 수 있는 단계로 넘어갈 수 없을 수 있다. 열 마디의 말보다 어떠한 평가도 들어가지 않는 사랑 어린 관찰이 출발점이다.

우리가 연결되는 방법 _공감 듣기

상대방의 마음을 헤아리고 그 마음을 어떻게 표현하느냐에 따라 상대방에게 전해진 100마디 말보다 더 깊이 진심으로 공감받는다는 느낌이 어떤 의미인지 전달해주는 그림책이 있다.

『가만히 들어주었어』
코리 도어펠드 글그림/신혜은 역, 북뱅크

『가만히 들어주었어』이다. 자신이 쌓아놓은 블록이 무너져서 울고 있는 주인공 테일러에게 친구들이 찾아온다. 각각 자신들이 해 줄 수 있는 말을 하고 떠나는 친구들, 그중의 토끼는 다가

올 때도 조심조심 조금씩 다가온다. 그리고 말없이 옆에 앉아 있어 준다. 그 후 주인공의 이야기를 남김없이 들어준다. 그러는 내내 토끼는 테일러 곁을 떠나지 않고 함께 한다. 어떠한 조언도 충고도 하지 않는다. 그리고 마침내 주인공이 무너진 블록을 다시 만들어 볼까 하는 자신의 마음을 표현했을 때도 토끼는 고개를 끄덕여 줄 뿐이다.

이 책을 번역한 신혜은 씨는 다음과 같이 이야기하고 있다.

> "처음 이 책을 읽었을 때, 알 수 없는 따뜻함이 느껴졌습니다. 누군가의 이야기를 들어준다는 건 말 그 자체가 아닐 것입니다. 그 사람이 진정으로 원하는 것이 무엇인지를 들어주는 것은 그 사람의 "때"에 그 사람의 "방식"으로 들어주는 것을 의미합니다. 그럴 때 우리가 듣고자 하는 일이 또 진정 듣고 싶은 말이 그 사람 안에서 흘러나오고 현실이 됩니다. 이 책은 어떻게 하면 그런 일이 가능할 수 있는지를 그대로 보여주고 있습니다. 기다리고- 기다리고-따라가며-반응하기(wait-wait-follow-respond). 이것은 진정 누군가를 위하는 방법인 동시에 내가 나를 사랑하는 방법이기도 합니다."

자신의 관찰, 느낌, 욕구 그리고 부탁을 상대방에게 표현했듯이 공감 듣기는 상대방의 4가지 관찰, 느낌, 욕구 그리고 부탁을 귀 기울여 들어보는 것이다. 특히 상대방의 감정과 원하는 바가 무엇인지 궁금해하며 들어주는 것이다.

공감 듣기에 대해 교육하다 보면 다음과 같은 질문을 하는 경우가 있다.

"공감 듣기를 '잘 들어주는 것'이라고 이해했어요. 그래서 잘 듣고만 있었더니 왜 안 듣고 있느냐고 하더라고요. 어떻게 하면 잘 들어줄 수 있는 것일까요?"

진정한 공감 듣기는 어떠한 판단이나 분석, 충고하지 않고 그 자리에 머물러 있어 주는 것, 그 사람의 마음에 함께 있어 주는 것으로 시작된다. 그리고 존재 자체로 '귀 기울여 보는 것' 이다. 상대방의 마음을 궁금해하면서 말이다. 그 사람의 마음에 있는 감정과 욕구, 즉 무엇을 느끼고 무엇을 원하는지 궁금해하면서 함께 있어 주는 것이다. 그런 마음이면 자연스럽게 상대방의 기분이나 감정이 어떤지, 원하는 바가 무엇인지 궁금하여 되물어 볼 수 있다. 그럴 수 있다면 왜 듣고 있지 않고 가만히만 있느냐는 소리는 듣지 않을 것이다. 그렇게 실천해 보면 잘 들어주는 구체적인 방법을 자연스럽게 체득할 수 있다.

지금은 25세 처자가 된 둘째인 딸이 한창 사춘기일 때, 많이 하던 말이 있다.

"엄마 나 살이 너무 쪘지?"

사실 이 말은 나이를 불문하고 많은 여자분이 하는 말이기도 하다.

"어휴, 네가 살이 뭐가 쪘다고 그러니? 너무 예뻐."

"지나가는 사람들을 좀 봐봐, 네가 얼마나 날씬한가!"

이와 같은 답변을 애가 타도록 이야기한 적이 있다. 내가 이렇게 말할 때면, 아이는 오히려 화를 내고 토라지기까지 했다.

엄마가 진심으로 이야기하는데 왜 저렇게 못 알아듣나 싶어서 나 또한 야속한 마음이었다. 아이는 아이대로 토라진다. 그것으로 모녀의 대화는 끝이 나곤 했다.

그런데 이때, 이렇게 말하면 어땠을까?

"지윤아, 네가 지금 살이 쪘다고 생각하니까 우울하니?"

"오늘은 네 모습이 마음에 안 들어?"

나의 대답이 이렇게 바뀌기 시작하면서 모녀간의 대화가 더 깊이 있고 즐거움으로 이어졌다.

남편이 갑자기 감기몸살이 걸린 적이 있다. 열이 많이 올라서 아무것도 먹지 못하고 있었다. 그때 남편이 이렇게 이야기했다.

"다 귀찮으니까 나가 있어."

예전 같으면 나는 이렇게 말했을 것이다.

"먹고 싶은 게 있으면 얘기를 해야지."

"나가긴 어딜 가?"

그 후 이렇게 이야기하게 되었다.

"자기가 많이 아프구나."

내 입장에서 관찰하고 나의 감정과 욕구를 표현하는 것이 "말하기"라면 공감 듣기는 들어주는 과정이기 때문에 그 과정을 그대로 상대방에게 적용하는 원리이다. 상대방을 관찰하고 상대방의 감정과 욕구를 궁금해한다. 그리고 판단하지 말고 상대방에 대해서 관찰한 사실과 내가 추측한 너의 감정과 욕구를 물어봐주는 것이다.

'듣기'의 의미에 대해서 스캇 펙은 『아직도 가야 할 길, 스캇 펙, 율리시즈』에서 사랑할 때 가장 먼저 노력해야 할 일은 상대방에게 관심을 가지는 것이라고 하고 있다. 관심을 행동으로 나타내는 것이 곧 사랑이라고 한다. 관심을 행동으로 어떻게 표현해야 할까? 관심을 행동으로 나타낼 수 있는 가장 평범하고 중요한 방법은 '말을 들어주는 것'이라고 하고 있다.

공감 듣기는 사랑을 표현하고 시작하는 첫 발걸음이다.

연결 후, 약속 정하기
그리고 무패 방법

부부가 집안일을 나누어서 하는 것은 부부 사이의 불화 원인이 될 수도 있다. 집안일이란 정확하게 가늠이 되는 것이 아니기 때문이다. 또는 남편의 원 가족과 아내의 원 가족을 방문하는 횟수나, 생일을 챙기는 문제, 추석과 설날 행사 등 일상의 부부 사이에 약속을 정할 일은 셀 수 없이 많다. 이 과정에서 내 마음을 알아주겠지 하는 마음이나 각자의 부모님에 대한 섭섭함까지 합해지면 서로의 마음을 이해하기는커녕 갈등의 골이 깊어질 수 있다.

부부 사이에 합리적으로 약속을 정하는 대화를 어떻게 할 수 있을까?

무패 방법을 적용해 보자. 무패 방법을 정의하면 아무도 지는 사람이 없도록 공감 대화를 통한 약속 정하는 방법이라고 할 수 있다. '서로 아무도 지지 않는 약속 정하기 대화법'이다. 그 적용은 부모와 자녀 사이일 수도 있고, 부부 사이, 친구 사이일 수도 있다. 또한, 직장에서도 적용할 수도 있다. 직장 내에서는 PDCA라는 업무 사이클을 사용하기도 한다. 계획을 세우고(Plan), 행동하고(Do), 평가하고(Check), 개선한다(Act)는 일련의 업무 사이클이다.

이런 구조의 약속 정하기를 여기에서는 리더 역할 훈련(LET: Leader Effectiveness Training)과 부모 역할 훈련(PET:Parent Effectiveness Training) 프로그램을 만든 토머스 고든의 무패 방법을 사례와 함께 단계별로 안내해 드리고자 한다.

무패 방법은 6가지 단계로 이루어져 있다.

1단계 : 갈등을 확인하고 정의한다.

2단계 : 가능한 여러 해결책을 생각해 낸다.

3단계 : 각 해결책을 평가한다.

4단계 : 가장 좋고 만족스러운 해결책을 결정한다.

5단계 : 결정된 것을 실천할 구체적 방법을 마련한다.

6단계 : 이후에 결과가 어떠했는지를 확인한다.

* 1단계는 갈등을 확인하고 정의하는 단계이다.

대화의 환경을 조성한다. 이렇게 갈등을 인지하고 서로의 감정과 욕구를 체크해 본 후, 이야기할 공간과 시간을 정한다.

보통 집에 있는 가족이기 때문에 배우자는 말을 들으려고 하지 않을 수 있고 서로 바쁘긴 하지만 말하면 그래도 듣기라도 하겠지라는 마음으로 혼자 이야기하는 경우가 많다. 그렇게 되면 남편(또는 아내)은 서로 같은 공간에 있지만, 그 이야기는 공허한 메아리가 되기 십상이다. 그래서 이야기하고 싶은 사항을 뚜렷하고 간결하게 이야기하면서 가능한 시간과 장소도 의논한다. 집 밖에서 따로 시간을 내어 데이트하면서 시간을 만들 수도 있다.

이제 시간과 공간을 정했다. 토요일 오전에 여유 있는 시간으로 정해도 좋다. 아침 식사를 하고 이야기를 나눌 수 있다. 또는 집 밖으로 나가서 서로가 좋아하는 음식을 정해서 먹으면서 이야기해도 좋다. 1단계인 이 경우에 시간과 약속을 서로 합의 하에 정하는 과정이 필요하다.

* 2단계는 가능한 해결책을 생각해 낸다.

이제 본격적으로 이야기를 시작할 단계인 2단계는 가능한 해결책을 생각해내는 단계이다. 이때 다양한 해결책을 서로 이야기한다. 가능한 만큼 꺼내 놓는다. 한 사람이 자신의 의견을 꺼내 놓을 때 다른 한 사람은 공감 듣기 하는 것이 필요하다. 즉 2단계에서는 해결책을 정리하거나 조율하지 않고 자유롭게 각자의 의견을 내놓는 단계이다. 그 해결책에 대해 논의하는 단계는 3단계이다.

* 3단계는 각 해결책을 평가한다.

2단계에서는 해결책이 좋고 나쁨을 판단하지 않고 모두 꺼내 놓는다는 느낌으로 진행을 한 후 3단계에서는 해결책을 정리한다는 느낌이 필요하다.

"우리가 만족할 만한 해결 방법이 무엇일지 같이 찾아볼까?"

"아까 나온 이 해결 방법을 실천하려면 어떤 점이 어려울 수 있을까?"

"이 방법은 나에게 불공평하다고 느껴져요"

특히 이 결정이 상대방을 위한 것이라고 에둘러 말하면서 포장하지 말아야 한다. 자신의 의견, 감정, 욕구를 솔직히 표현하는 것이 필요하다.

예를 들어 "그런 방법이라면 내가 힘들어져요"라고 말할 수 있어야 한다.

* 4단계는 최선의 해결책을 결정한다.

앞으로 실천할 해결책을 정해본다. 그 해결책이 한 번 정하면 절대 바꿀 수 없는 것이 아니다. 한 주일 또는 두 주일 정도의 단위로 실천해 본다. 이때 시간적 단위는 상황에 따라 변할 수 있고, 정할 수 있다. 다시 평가하는 단계가 있다는 것을 염두에 둔다.

* 5단계는 결정된 것을 실천할 구체적 방법을 마련한다.

결정된 사항을 구체적으로 정할수록 실천의 의지가 높아진다.

* 6단계는 결과가 어떠했는지를 확인한다.

서로 정해진 기간 동안 실제로 해 보니 어려운 점은 없었는지 구체적으로 이야기한다. 그리고 수정할 수 있는 사항은 다시 합의하여 정한다.

무패 방법이라는 단어에서 짐작이 되듯이 서로 누가 이기고 지는 관계가 아니다. 서로의 마음과 원하는 바를 표현하고 들어주면서 조절하고 약속을 정한다. 한 번 정한 약속을 계속 고집하는 것이 아니라 1주일 또는 2주일 정도의 시간을 실행해 본 후 다시 평가의 단계로 들어간다.

말하지 않아도 알 것 같은 부부가 함께 결정해야 할 일들이 너무나 많다. 그러니 구체적으로 자신의 감정과 욕구를 표현하고 상대방의 그것을 궁금해하며 세부적으로 약속을 정하는 과정이 필요하다. 이 과정이 무패 방법이다. 무패 방법의 단계를 거치면서 수시로 욕구와 감정이라는 카드를 써 가면서 표현해 보자. 어느 순간, 가까이 있는 배우자를 깊이 이해하고 있는 자신을 발견할 수 있을 것이다.

나를 담은 이야기가 콘텐츠가 되다

한국심리적성협회 상담실에서는 하늘, 나무 그리고 양재천이 보인다. 상담실을 이곳으로 정한 여러 이유 중 하나는 코칭이나 교육 때문에 이곳을 방문하시는 분들에게 심리적 편안함을 느끼게 해 드리고 싶은 마음이 컸다.

하늘, 나무 그리고 양재천이 보이는 연구실

연구실 벨 소리가 울린다. 오늘 코칭을 받으러 오시는 분은 정년퇴직을 앞둔 교장 선생님이다. 그녀는 초등학교에서 자폐 아동에 대한 지도를 꾸준히 해 오신 분이다. 학교를 운영하는 전반적인 경험과 함께 일생동안 해 오신 일과 그 일을 하면서 느낀 점 그리고 교육에 대한 자기 생각을 글로 남기고 싶어 하신다. 이제까지 수십 년간 한 분야에 근무하시면서 얼마나 희로애락이 있으셨을까 싶다. 자신의 일이 곧 자신의 삶이다. 퇴직 시기가 다가오면 '이제야 이 일을 정말 잘할 수 있을 것 같다'라고 말씀하시는 분들이 많다. 깊은 자신감을 가지고 새로운 마음으로 다시 시작할 수도 있는 시기일 수도 있는데 직장에서는 퇴직하는 타이밍이 된다. 나는 그런 마음을 글로 담아 직장 밖의 여러 사람과 소통을 해 보시라고 권유드린다.

업(業:생계를 유지하기 위하여 자신의 적성과 능력에 따라 일정한 기간 계속하여 종사하는 일, 네이버 사전)은 삶과 분리할 수 없다. 하루의 대부분의 시간 동안 업(業)을 통해서 생계를 유지하고 사람들에게 기여를 하게 된다. 일방적인 기여가 아닌 서로 주고받는 소통의 원리가 여기에도 있다. 따라서 업과 삶을 분리하지 않으면서 그 안에서 자신의 변화를 녹여서 자신의 이야기를 할 수 있다.

나도 교육 현장에서 근무하면서 교육학을 공부했고 그 이론을 두 아이와 학교 안과 밖 아이들에게 적용했으며 그 과정을 부모님들이나 선생님들과 소통하고 있다. 그리고 이렇게 공저 작가들과 부모교육 안에서 가족 역동과 자신의 존재를 분리하지 않고 통합해 나가고 있다. 그 한 갈래가 가족 내의 중심인 부부간의 소통과 대화법에 관한 이야기로 여러분께 이렇게 손을 내밀고 있다.

여러분들은 이 글에서 '자기 인식'을 하고 '나를 사랑하게 된' 부모님들이 그 안정감을 바탕으로 생활 속에서 구체적인 대화법을 어떻게 적용해 나가는지 볼 수 있다. 구체적인 사례로 감정과 그들이 바라는바, 그리고 어떤 마음으로 상대방의 이야기를 듣는지와 약속을 정하고 지키는 과정에서 변화하는 이야기가 있다. 일상에서 어떻게 적용하는지에 대한 사례를 볼 수 있다.

그렇게 자신이 느끼고 변화되는 과정이 무엇이든지 그 과정을 기록으로 정리하면 그 기록이 자신에게 다시 돌아와 그 의미가 선명해진다. 그리고 그 의미를 이렇게 저서로 출간하여 여러분들과 함께하고 있다.

한국심리적성협회에서 운영되는 자격과정에서는 매시간 과제를 드린다. 그 과제는 수업 시간에 배운 이론을 각자 본인의 일상에 적용해 보시고 일정 양식에 맞추어 제출하는 방식이다. 교재의 빈칸을 채우는 방식이기도 하고 그때그때 제시되는 양식이 있기도 하다. 또는 공동의 온라인 공간이 네이버 플랫폼의'한국심리적성협회'의 카페와 블로그도 있다. 온라인 공간은 장소와 시간에 관계없이 접속해서 기록으로 남기기 편한 시스템이다.

일상을 기록으로 남기는 방법에는 또 어떤 것들이 있을까? 순간순간 느끼는 것을 기록하는 도구로서, 수첩, 핸드폰 녹음기능, 핸드폰의 메모 쓰기 기능이 있다. 당장 느껴지는 이미지와 말들을 간단하게 쓰기 위해서이다. 그리고는 밤이 되면 조용한 장소에서 낮에 썼던 내용을 좀 더 세밀하게 다듬는다.

이러한 습관은 어떤 사실들을 기억하기 위한 유용한 방법이기도 하다. 그리고 이런 메모의 습관은 순간순간의 느낌과 관찰한 사실을, 감각을 좀 더 예민하게 만들어 주고 주변의 일에 대해 더 관심을 가지게 만든다. 매 순간 내 주변을 스쳐 지나가는 느낌과 메시지에 생각의 주파수를 맞추는 데 도움이 된다. 그리고 기록을 하면서 좀 더 많은 것을 관찰하고 주변의 것에 더욱 관심을 기울일 수 있다. 이러한 것들은 내면에 잠재되어 있던 생각과 아이디어를 자극할 수 있다. 그렇게 자극된 것들이 한 바퀴 순환이 되어 다시 일상을 기록하고 관찰하게 만든다.

또한 수업을 마치면서 인증사진으로도 그 순간의 느낌을 기록으로 남기기도 한다. 이 기록은 우리의 내면을 자극하고 동시에 함께 하는 분들과 시너지를 내기도 한다.

각자의 일상이 배움과 알아차림의 장(場)이고 글감이다. 일상,

배움, 적용, 알아차림, 기록을 순환해 보자. 그 사이클을 순환해 보면 나의 일상이 녹여 난 글을 쓸 수 있다. 그리고 그 글감으로 전문가로 활동하는 자신을 발견할 수 있을 것이다.

심리코칭을 적용하여 사용하는 그림책 중 『아기코끼리 덤보』에서 코끼리 덤보는 유독 귀가 크다. 서커스 가족들은 모두 이런 덤보를 놀린다. 그러는 동안 덤보는 생쥐와 친구가 되었고 생쥐는 그에게 마술 깃털을 준다. 어느 날 덤보는 이 마술 깃털로 하늘을 날 수 있게 된다. 하늘을 나는 덤보를 보고 군중들은 환호한다. 그를 조롱하던 이들도 환호하며 손뼉을 친다. 덤보는 자신감에 넘쳤고 한없이 자유로움을 느낀다. 그런데 그만 코에서 마술 깃털을 떨어뜨리면서 덤보는 땅으로 곧장 곤두박질쳤고 금방이라도 땅에 부딪힐 것처럼 보이는 그 순간 덤보의 등에서 생쥐가 외친다.

"덤보! 네가 날 수 있었던 것은 깃털 때문이 아니야. 바로 네가 한 일이야. 너는 방법을 알고 있잖아."

이 말을 들은 덤보는 용기를 내서 두 귀를 한껏 펄럭거린다. 그리고 결국 자유롭게 계속 하늘로 날아오를 수 있게 된다. 자신만의 힘으로 말이다.

나는 수강생 선생님들에게 생쥐 역할을 하고 싶다. 자신감이 없어 하는 분들에게는 마법의 깃털이라고 생각하는 것으로라도 힘을 드리고 싶다. 그리고 결국 자신의 커다란 두 귀로 펄럭여서 하늘을 날아오를 수 있을 때, 바로 당신의 힘이라고 말씀드린다. 이때 각자 변화와 성장을 하는 터닝포인트가 되며 바뀌는 것을 보면 감동적이기까지 하다.

우리는 삶의 긴 맥락 속 같은 연장선 위에 있다. 저마다의 속도가 다르지만 누가 먼저고 나중이랄 것 없이 살고 있다. 그 연장선 속에서 타인의 이야기가 곧 나를 볼 수 있는 거울이 될 수 있다.

신윤복 씨는 무감어수(無鑑於水)라는 경구를 들어 거울에 비친 겉모습에 현혹되지 말라고 하고 있다. 경어인(鏡於人), 즉 사람들 속에 자신을 세우고 사람을 거울로 삼아 자신을 비추어 보는 것이 중요하다고 한다.

수강생 작가님들과 함께 공부하고 변화하고 그 과정을 글로 쓰는 과정이 나에게도 소중한 경어인의 시간이었다. 삶의 맥락 속에서 함께 하는 경어인의 과정이 현재진행형임에 다시 한 번 감사함을 느낀다.

경어인(鏡於人)을 할 수 있는 따뜻한 사랑이 담긴 거울을 여러분들에게도 선물로 드리고 싶다.

Part 2

* 프롤로그
* 세상의 편견을 깬 우리는 천생연분
* 어긋난 마음의 감정 줄다리기
* 나의 감정에 솔직해질 수 있는 시간이 필요해
* 기질을 알면 그 사람의 행동이 보인다
* 진정 내 이야기를 한다는 것 '나-메시지 대화법'
* 소소한 대화 속 확실한 포인트 '감정+욕구'
* 내 삶에 생기를 더해줄 남편과의 공감 대화
* 관계에서 가장 중요한 것은 소통이다
* 우리는 모두 관계 속에서 성장한다

나와 남편을 다독이는 시간,
토닥토닥 마음 대화

신다연

프롤로그

나는 새로운 것에 도전하기를 좋아하고 사회관계 속에서 활동적인 모습으로 일상을 보냈다. 타인과 소통하는 시간이 즐거웠다. 그런 나의 강점을 인정받으며 자기 자신에 대한 긍정적인 생각들로 가득했다.

결혼 후에는 양가 부모님들도 허락할 수밖에 없는 열렬한 사랑을 했으니 서로 배려하고 멋진 결혼생활을 할 수 있을 것만 같았다. 우리 부부는 각자의 성격과 가치관을 양보하여 누구한테 치우친 쪽이 아닌 중간 정도로 맞춰졌다고 생각했다. 연애와 결혼까지 합쳐 11년이란 시간 동안 많은 투덕거림이 있었으니 말이다. 열렬한 사랑으로 포장되어 숨겨졌던 마음들이 더 이상 폭탄처럼 터져 나오지 않을 거라 착각을 하고 있었던 것이다.

코로나19 팬데믹으로 인해 우리의 평범한 일상이 바뀌었듯 나에게도 많은 변화가 있었다.

어린이집에 다니던 두 아이는 가정 보육하는 날이 많아졌고, 나와 두 아이는 모든 외부 활동에 제한된 상태였다. 육아를 오롯이 나 혼자 감당해야 한다는 생각이 들었고, 사회로부터 단절됐다고 생각했다. 나의 지친 체력과 힘든 마음 때문에 남편에게 마음 한구석 내어주는 것조차 힘든 상황이었다. IT계열에 근무하고 있는 남편은 그전에도 바쁘게 지냈지만 변화된 새로운 업무 방식에 적응하느라 더 정신이 없었다. 다 같이 모여서 1시간 동안 회의하면 될 일을 상대방의 재택근무 환경으로 인해 여러 번의 줌 회의와 잦은 통화로 업무량이 더 많아졌다. 업무 스트레스에 지쳐가고 있었다. 힘듦이 각자 자신의 생각과 마음을 온통 뒤흔들어놓았다.

코로나19 팬데믹 세상이 오면서 배려심 많은 줄 알았던 남편과 갈등 상황이 더 많아졌다. 서로 힘들었다. 스트레스는 적절히 해결되지 못한 채 쌓여갔고, 예민한 상태가 되었으며 나와 남편은 사소한 갈등이나 문제에도 감정적인 폭발과 대립이 발생하였다.

지금 내가 느끼는 이 상황과 문제를 바꾸고 싶었다. '일단 내가 무엇을 해야 할까?' 고민하며 그렇게 하루하루를 지냈다.

7월 무더운 여름날, 나는 무언가에 홀린 듯 '한국심리적성협회'에서 진행하는 온라인 강의 하나를 신청하였다. 강의 주제는 '나를 알아가는 시간'이었다. 드디어 강의 첫날, '나를 알아가는 시간이 뭘까?'라는 기대감을 갖고 노트북을 켜놓고 책상 앞에 앉아있었다. 줌으로 진행되는 강의시간에 '나를 한 문장으로 정의한다면?' 이란 질문으로 자기소개가 진행됐다. 대부분의 사람들은 "저는 어떤 직장을 다녔었고요. 어디 살고요. 자녀가 몇 명 있는데 자녀의 나이는 몇 살이에요. 제 나이는 몇 살입니다." 이런 식으로 소개를 하고 있었다.

나를 '저는 서울 살고 아이 둘 키우는 39살 엄마입니다.' 이렇게 간단하게 소개할 수도 있었다. 그런데 나는 처음 보는 사람들 앞에서 "엄마가 되면서 흔들리는 정체성에 힘들어하는 엄마입니다. 저는 제가 꽤 괜찮은 사람이라고 생각했는데, 잘하는 것을 잃고 못하는 것이 많아진다고 생각하면서 제 자신이……."라고 말하며 갑자기 감정이 울컥해서 울어버렸다. 눈에서 눈물이 나왔고, 나는 오른손으로 눈물을 닦았다. "제 자신에 대해 잘 안다고 생각했는데, 제 자신을 잘 모르겠어요……." 아! 듣는 사람도 당황했겠지만 나 또한 '이게 뭐지?'라고 생각하면서 부끄러웠다. 그리고 울먹이는 목소리로 "힘드네요. 코로나로 인해 사회관계가 단절되면서 더 힘들어요. 저는 이번 과정에서 내면을 끌어올리고 싶습니다."라고 말했다.

우리는 갈등만 있는 가정은 아니었다. 나와 남편은 지금 힘든 시간을 보내고 있지만 과거에 우리는 더한 시간들도 잘 견뎌 내왔다. 나는 우리가 천생연분이라고 생각했다. 동성동본이라는 세상의 편견과 부모님의 반대에 맞서 싸울 만큼 사랑해 죽는 우리였고, 그 모든 과정을 거치고도 맺어진 사랑이었다. 그런 우리가 멀어지는 관계가 되었다고 느끼고 있었다.

힘든 시점에 '한국심리적성협회' 이주연 대표님의 '나를 알아가는 시간', '부모교육코칭 전문가 자격과정'을 알게 되었다. 강의 안에서 'MBTI의 이해와 대화법'을 들으면서 나와 남편의 갈등을 풀어 가는데 중요한 열쇠가 될 거라 확신했다.

책 내용 중에 MBTI부분을 넣은 이유는 우리 부부가 서로의 다름을 막연하게 이해하는 것보다 MBTI 검사 후 기질로 이해되는 부분이 많았기 때문이다. 나는 MBTI 검사를 통해 기질을 이해하고, 그 기질과 기질 사이에서 나와 남편의 전혀 다름을 알게 됐다. '아! 남편은 나와 전혀 다른 기질의 사람이었구나!'를 느꼈고, 그 다름을 연결하는 대화법을 알게 되어 두 가지를 이야기하고 싶다.

이 책은 크게 두 가지로 구성되어있다. 앞부분에는 남편과 내가 만나는 사랑 스토리와 함께 좌충우돌 갈등이 나오면서 그 사람의 기질을 알아가는 과정이 있다. 뒷부분에는 감정과 대화법을 표현해서 나와의 다름을 대화로 풀어가는 과정을 담았다.

갈등을 회복하게 된 과정을 일기처럼 쓰면서 그 순간 느꼈던 나의 감정을 '#마음날씨'로 표현한 부분이 있는데, 날씨로 감정을 쉽고 재미있게 표현하고 싶었다.

대부분은 남편과 대화하는 것을 어려워한다. '이런 것까지 이야기해야 해?'라고 생각할 수 있지만 경험해보니 소통이 되어야 모든 것이 해결될 수 있었다. 남편과 나의 다름을 전혀 이해하지 못할 때, 남편과 소통하는 것이 어려울 때, 남편과 편안한 관계가 되고 싶을 때, 남편을 내 단짝으로 만들고 싶은 마음이 들었을 때 서로에 대해 더 궁금해하는 마음을 가졌으면 하는 바람이다. 우리 부부의 솔직한 이야기를 보고 '아! 이렇게 남편을 이해할 수도 있구나!'라는 마음이 생긴다면 진심으로 감사한 마음이 들 것 같다. 이 책이 가족에게 한발 더 가까이 가는 힘이 되길 기대한다.

세상의 편견을 깬 우리는 천생연분

신혼여행으로 간 스페인에서 우리의 사랑은 더 단단해졌다.

#마음날씨: 대체로 맑고 포근한 날씨

포근한 마음을 가지고 그동안 잠시 잊고 있었던 기억을 더듬어가며 우리 첫 만남과 결혼 스토리를 생각해본다.

나와 남편은 '우리는 진짜 천생연분이다. 천생연분이야.'라는 말을 장난스럽게 말할 때가 종종 있다. 여러 부분에서 반대 성향이 강한 것을 알고 있었는데도 서로에게 푹~ 빠진 것을 보면 천생연분이라는 말밖에 생각나지 않는다. 결혼 전 '양가 부모님이 반대할 수 있겠지? 양가 부모님 의견을 이해하는 마음이 필요하겠다.'라는 생각이 들어 철학관을 가보았다. 각자의 사주를 점수로 말하자면 80점으로 높은 점수였지만, 둘이 같이 살면 50점이 될 텐데, 결혼이 정해진 거냐는 질문을 받았었다. 반대 성향임이 분명하고 서로 다툼이 많을 거라고. 그런 이야기를 들었지만 우리는 '내 운명은 내가 개척해서 사는 것이다. 내가 가는 길이 꽃길이다.'라고 생각해서 결혼을 했다. 더군다나 우리는 동성동본이다. 우리는 구청에서 혼인 신고할 때 구청 직원이 "8촌 이내는 아니시죠?"라는 물음에 "네"라고 대답을 해야 했다. 동성동본과 사주도 이겨냈다고 말하는 우리의 단단한 사랑을 양가 부모님께서 허락할 수밖에 없었다. 이렇게 이유를 대보니 우리는 진짜 천생연분이 틀림없다.

서로 다른 점이 많은 우리가 '어떻게 만나서 끌리게 되었을까?'하고 궁금해하는 사람들이 많다. 우리는 청년회 모임에서 만나게 되었다. 나는 독거노인 반찬봉사 팀장을 하고 있었고, 남편은 여행 다니는 팀을 하고 있었다. 남편이 바쁜 시간에도 모임에 자주 나오며 내가 있는 반찬 봉사팀에 나오기도 하였다. 어느 찰나에 남편이 나에게 호감을 가지고 있음을 느끼게 되었을 때, 남편이 늦은 밤에 전화를 해서 취중진담으로 "내일 나랑 밥 먹자" 라고 이야기했다. 다음날 취중진담으로 한말이라 기억도 못하고 있었지만 밥을 먹게 되었다. 나와 성이 같은 남편은 그날 밥 먹고 차를 마신 후 헤어질 저녁 무렵에 "혹시, 무슨 신 씨야? 첫 글자에 혹시 ㅍ이 들어가?"라는 질문을 하였다. 나는 "(왜 대놓고 못 물어보는 거지? 라고 생각하며) 저 평산 신 씨예요."라고 대답하였다.

남편의 첫인상은 무뚝뚝해 보였고 감정표현이 서툰 사람이었다. 하지만 만날수록 상대방을 챙기는 섬세함이 있었다. 그의 배려심 있는 행동을 보고 연애가 시작되었다. 그는 너무 바빠서 차 한 잔 마실 시간밖에 없는 날이어도 일 년 365일 중 350일은 나를 만나러 왔다. 그는 세심한 성격을 더해 나를 배려하는 내면이 아름다운 사람이었다. 연애 4년, 결혼 7년 벌써 11년을 함께하고 있는 지금도 그런 부분이 남아있어 내가 말하지 않아도 틈날 때마다 집안일을 많이 도와준다.

아침에 일어나 거실에 나가보면 건조대에 널려있던 옷들이 가지런히 접혀서 각을 잡고 차곡차곡 쌓여 있다. 나보다 일찍 일어난 남편이 빨래 정리를 마치고 벌써 주방에 가서 아침식사 준비할 때가 종종 있다. 아침잠이 많은 내가 개인적으로 남편에게 가장 고마워하는 부분이다. 그 외 식사 준비 거들어주기, 설거지하기, 생선 메뉴 나오면 생선 살 발라주기, 새우 살 발라주기, 외식 때 내가 마음 편히 먹을 수 있게 아이들 식사 봐주기 등을 남편이 해준다. 이렇게 서로 챙겨주며 잘해주는 부분도 많지만 나와 마음이 맞지 않는 상황에서 늘 계속해서 부딪히게 되었다. 비슷한 상황으로 갈등이 반복될 때에는 '서로 안 맞음'이란 결론을 내리며 결국 대판 싸우기도 하였다. 맞지 않는다고 해서 사랑하지 않는 건 아니었다. 하지만 서로에 대한 미묘한 거리감과 실망감은 쌓여가고 있었다.

어긋난 마음의 감정 줄다리기

아이들과 손잡고 가만히 바다를 관찰해본다.

#마음날씨 : 천둥·번개 동반한 강한 비

갑자기 마음 불편한 천둥과 번개 같은 갈등 상황이 지나가고 내 마음속에 속상한 비가 내린다.

가족은 편하기 때문에 내 마음대로 행동하기 쉬웠고, 내 감정 변화를 격하게 표현할 때가 있었다. 나의 욕구를 누군가가 채워주지 않는다고 불평했으며, 그것을 가지고 다투기도 했다. 또한 좋지 않은 대화로 상대방의 마음에 상처를 주기도 하였다. 그리고 상대방이 나의 감정을 건드리는 말을 했을 때는 '또 시작이네.' 같은 말을 하며 불같이 벌컥 화를 내기도 하고, 더 크게 다투기도 하였다.

우리가 제일 많이 부딪히는 부분은 계획된 일정에 변경이 있을 때였다.

[남편은 정해진 일정이 갑자기 바뀌는 것을 상당히 불편해한다. 갑자기 부모님께서 점심을 먹자며 지금 오라고 하셨다.]

나: 여보, 엄마가 점심에 맛있는 거 해놓는다고 애들이랑 같이 와서 먹으라고 하시네.

남편: 갑자기? 아니, 우리 이따가 공원에 가려고 했었잖아. 왜 지금 말씀하신대?

나: 엄마가 맛있는 거 하시다 보니까 우리 생각이 나셨나 보지.

남편: 그래? 공원도 가야 되고, 이따가 오후에 승연이랑 문구점도 가기로 했는데…….

나: 일요일에 가거나 다음 주 주말에 가면 안 돼? 사업하시는 부모님이라 늘 시간이 되는 것도 아닌데.

남편: (작은 혼잣말로) 미리 말씀해주시면 좋은데…….

나: 엄마가 우리 생각해서 하는 소리인데, 상황이 변경될 수도

있는 거지.

(그거를 못 참고 그럴 때마다 뭐라 그래. 왜 이렇게 이해심이 없어. 또 시작이네.)

[남편은 항상 규칙적인 생활을 좋아한다. 평소 회사에서 점심시간이 1시에 끝나는 남편은 토요일 1시가 다 되어가도록 점심을 먹지 못하여 마음이 불편해졌다.]

나: 부모님이 식구들 다 같이 모이니까 좋으신가 봐. 기분 전환하고 싶어서 나가서 식사하고 싶으신가?

남편: 지금 1시 다 되어가는데 점심 먹을 시간이잖아. 서울 근교 가는 길 차 막히면 2시 넘을 수도 있는데 시간이 늦잖아.

나: 매일 늦는 것도 아니고, 부모님이 일이 있으셔서 집에 늦게 들어오셔서 그런 거지.

남편: 나는 평소에 점심 1시에 먹는데, 점심을 2시에 먹으면 그럼 저녁은 몇 시에 먹어야 돼?

나: 사람 많이 모이면 변경이 생길 수밖에 없는 거지. 그것도 이해를 못 해?

남편: 여보, 나는 아침 7시에 먹었어. 배고프다고. 나도 좀 생각해주면 안 돼?

나: 여보는 식사시간 자기 기준에 안 맞으면 자꾸 뭐라고 그러잖아. 나도 그럴 때마다 짜증 나.

[남편은 집안일도 잘 도와주고, 아이들이 좋아하는 것을 잘 챙겨 준다. 하지만 아이들의 돌발행동을 보거나 청결하지 못한 상황을 보았을 때 화난 감정을 강하게 표현한다. 가족 다 같이 저녁 먹는 시간에 남편이 화를 냈다.]

나: 준현아(4살), 스스로 먹어봐. 흘린 것은 이따가 치우면 돼. 잘 먹네.

남편: 다 흘려, 준현아. 손으로 만지지 마. 아빠가 먹여줄게.

준현이는 그릇에 있는 국수를 포크로 들어서 입으로 가까이 가지고 가다가 식탁에 다 쏟는다.

남편: 인마~ 신준현, 아빠가 먹여준다고 했지?

나: 여보, 흘려도 스스로 먹게 해.

남편: 그럼 옷까지 다 묻는데, 여보가 먹여주려고?

나: 4살인데 흘릴 수도 있지. 여보, 마음이 불편하다고 애한테 그렇게 말하지 마.

남편: 난 원래 그런데 어떡하라고. 아으~ 답답하다.

[남편은 물건이 정리되어 있어야 편한 마음을 갖는다. 옷이 잘 정리되어있지 않다고 생각한 남편과 이야기하는 상황이었다.]

남편: 여보~ 준현이 물려받은 옷, 옷장 옆 쇼핑백에 있던데 그거 정리한 거야?

나: 응, 지금 서랍장에 이미 정리해둔 옷이 많아서 들어갈 자리

가 없어서 그냥 둔 거야.

남편: 쇼핑백이 일주일 내내 계속 거기에 있던데.

나: 안에 들어있던 옷은 다 살펴봤고, 두꺼운 겨울옷이라서 곧 입을 거라서 둔 거야.

남편: 쇼핑백 계속 거기에 있으니까 신경 쓰이던데, 난 여보가 신경 안 쓰는 줄 알고 필요 없는 옷 같아서 버리려고 했는데.

나: 내가 편한 데로 둔 거야. 왜 말을 그렇게 해. 기분 나쁘게. 저번에는 승연이 미술 책상에 있는 거 안치우면 다 갖다 버린다고 그러더니.

앞서 말한 내용과 비슷한 상황에서 우리 부부는 계속해서 갈등이 있었다. 그래서 우리 남편은 "몇 년 동안 똑같은 거로 똑같이 다투게 되네. 나도 나지만 여보도 대단해요. 과연 나만 문제인가? 그렇죠. 나만 문제죠."라고 남편이 말했다.

그렇다. 싸우다 보면 거의 매번 같은 상황에서 싸움을 반복한다. 반복되는 문제의 경우, 문제의 본질을 벗어나서 감정싸움만 하게 된다. 훨씬 이전의 문제를 끄집어서 말하는 경우에는 더욱 더 감정이 격해져서 대판 싸우게 되곤 하였다.

나의 감정에 솔직해질 수 있는 시간이 필요해

나의 감정을 들여다보며 더 밝아진 나의 미소가 예뻐 자주 사진을 찍는다.

#마음날씨 : 구름 많고 오후에 점차 맑아짐

구름에 가려서 보이지 않던 나의 감정들이 이제 뭔가 보이기 시작했다. 내 감정과 욕구를 표현하니까 빛이 비치듯 따스함이 느껴졌다.

나는 두 자녀의 엄마로 살아오면서, 남편과 의견 충돌이 강하게 난 적이 있다. 부부가 각자 서로 힘들다고 느끼는 상황에서 부부의 갈등은 더 심해진다. 그런 상황을 겪으면서 부부로써 중요한 게 무엇인지 고민해보는 시간이 있었다. '우리는 지금 뭔가 엇나가고 있다.'라는 생각이 들었고, 그 불편한 감정이 현재의 삶에서 3가지의 질문을 품게 했다.

첫째, 부부는 서로에게 소중했던 존재인데, '왜 지금은 불편한 사이가 되고 있는 걸까?'라는 의문이 생겼다. 내 의견을 아주 솔직하게 말하면 이상하게 더 다투는 것을 느꼈다. 그런 과정을 거치면서 '서로에 대한 돈독한 믿음이 필요하지 않을까?' 생각하였다.

둘째, 부부는 앞으로 함께할 날 인생이 더 많다. '서로 이해하며, 뭔가 맞추는 게 필요할 것 같은데, 그런 방법은 뭘까?'라고 고민했다. 그래야 삶에서 부부의 행복한 동행을 꿈꿀 수 있을 것 같았다. 서로의 가치관과 의견을 받아들이는 마음이 중요하다고 느껴졌다.

셋째, 자녀의 좋은 모델링은 '부부의 행복 아닐까?'라는 질문이었다. 가족이라는 울타리 안에서 아이들에게 더 많은 행복을 주기 위해 부모의 행복이 꼭 필요하다고 여겨졌다. 아이는 부모의 거울이란 말이 있듯이 부모의 모델링이 주는 양육 효과는 크다고 생각하였다.

부부 사이를 개선하고 싶어서 방법을 찾고 있었다.

①서로에 대한 믿음 ②서로의 가치관에 대한 존중 ③부부의 행복

이 세 가지의 공통점은 '부부가 서로 의사소통이 잘 이루어져야 될 수 있겠구나.'라는 깨달음이 왔다. 우리가 변화되기 위해서는 노력을 해야 하는데, 내가 처음 시작한 노력은 무엇이었을까? 바로 자기 인식이었다.

2021년 7월 무더운 여름날, '한국심리적성협회' 이주연 대표님의 '나를 알아가는 시간' 강의를 듣게 되었다. 나는 자기소개를 하면서 "엄마가 되면서 흔들리는 정체성에 힘들어하는 엄마입니다. 저는 제가 꽤 괜찮은 사람이라고 생각했는데, 잘하는 것을 잃고 못하는 것이 많아진다고 생각하면서 제 자신이……."라고 말하며 갑자기 감정이 울컥해서 울어버렸다. 그동안 느끼지 못했던 감정들이 올라왔다. 눈물이 나왔다는 건 '내 마음에 꾹꾹 담아놨던 감정이 넘치고 넘쳐서 눈물로 표현된 게 아니었을까?' 부끄러움을 뚫고 나온 솔직한 감정. 이제 나는 그 감정을 밝혀야겠다고, 나 자신도 인정할 수밖에 없는 감정이라 여겨졌다.

노트에 적힌 자기소개 문장을 지금 다시 살펴보면 그 순간 나의 묵직한 감정이 고스란히 느껴진다. 마치 유행했던 노래를 들으면 타임머신을 탄 듯 그 시대의 내 모습이 생생하게 기억나듯이 말이다. 기록해놓은 걸 보는 것은 그때의 내 감정과 욕구를 정확하게 들여다볼 수 있는 방법이라고 생각한다. 일기라는 형식과 비슷하다. 기록할 때 중요한 포인트는 상황을 적는 것도 중요하지만 그때의 내 감정과 욕구를 자세하고 솔직하게 기록하는 것이다.

이때가 처음이었다. 나의 힘듦을 감정과 욕구로 솔직하게 말로 표현한 것이.

내가 느낀 감정과 욕구를 말로써 솔직하게 표현하는 것은 나에게 중요한 일이었다. 많은 생각의 변화를 가져왔고, 또, 나의 내면을 끌어올리는 것에 매우 중요한 역할을 하였다.

내가 어려움을 느끼고 있는 상황에서 나의 감정과 욕구가 무엇인지 정확히 알고만 있어도 여러 사람에게 조언을 듣는 것보다 많은 도움이 되었다. 스스로 정서적인 안정을 느꼈고, 당장 정확한 방법은 몰라도 그 욕구를 채우기 위해 여러 가지 시도하는 방법을 찾을 수 있었다. 일단, '내 감정과 욕구가 무엇인지를 정확히 알아야 시작을 할 수 있지 않을까?'라는 생각이었다. 그렇게 첫 강의 안에서 나의 감정과 욕구를 느끼며 나를 알아가고 있었다.

*** 내 마음속 감정과 욕구, 도대체 뭘까?**

엄마가 되면서 흔들리는 정체성, 나도 엄마가 처음이니까.

잘하는 것을 잃고 못하는 것만 마주하게 되는 상황으로부터 오는 답답함과 코로나로 인해 사회관계가 단절되면서 흔들리는 정체성.

내가 잘하는 것을 표출하거나 인정받고 있다는 성취감을 스스로 못 느꼈을 때였다.

[느낀 감정]

솔직함, 혼란스러운, 답답함, 울적한, 고민스러운, 속상한.

[진정한 욕구(충족되지 않았던 욕구)]

자기 존재에 대한 믿음, 정서적 안정, 소통, 공감.

자신의 꿈/목표/가치를 실현하기 위한 방법을 선택할 자유.

[스스로 평가하는 오늘의 일기 느낀 점]

나는 사소하게 느끼는 작은 감정까지 솔직하게 말하는 걸 좋아하는 사람.

나는 누군가와 소통하고 공감하면서 에너지를 채우는 사람!

내 가치를 실현하기 위한 자유를 원하는 사람.

내가 원하는 욕구가 잘 충족되고 있었을까? 그동안 잘 되지 않아서 힘들었구나!

부모교육코칭전문가 자격과정 수업 안에서 비폭력대화(마셜-B. 로젠버그)를 읽고 비폭력대화 강의를 들었을 때 나는 깜짝 놀랐다. 나의 흔들리는 정체성과 혼란스러운 마음을 표현하고 정리할 수 있는 방법이 없었는데, 비폭력대화(NVC)로 다 정리가 되었으니 말이다. 책에서는 지금 나의 상황을 '나는 지금 나 자신의 진정한 욕구와 조화를 이루지 못하는 행동을 하고 있다. 우리 과제는 자신의 욕구가 얼마나 잘 충족되고 있는지 매 순간 스스로 평가를 해보는 것이다.'라고 하였다.

스스로 평가는 우리가 원하고 소중히 여기는 것들을 추구하며 실현할 수 있도록 우리를 움직이게 하는 것이라 했다. 애도와 자기 용서 단계도 중요하다고 하였는데 찾아보고 꼭 적용해보기를 바란다.

기질을 알면
그 사람의 행동이 보인다

아빠와 첫째 승연이는 서로 찍고 싶은 포즈를 정해 사진을 찍었다.

#마음날씨: 전국에 단비, 저녁에 대부분 그침

갈등으로 건조했던 내 마음이 단비로 촉촉해지고 있다. 나의 근심도 덜어주는 듯했다.

힘든 마음속에서 나의 욕구와 감정을 알아차리고 스스로 토닥여주다 보니 남편의 마음이 궁금해졌다. 우리 부부는 '뭐가 달라서 같은 상황에서 계속 부딪히게 되는 걸까?' 부부의 서로 다른 점을 구체적이고 객관적으로 바라볼 방법이 필요했다. '다름을 알 수 있는 방법이 뭐가 있을까?'하고 고민할 때쯤, '부모교육 코칭전문가 자격과정' 배움 안에서 나와 남편의 MBTI 성격유형 검사를 하게 되었다. 남편의 성향을 정확히 알아가는 과정이 내가 그 사람을 이해하는데 굉장히 많은 도움을 받았다. 수업과정에서 나와 남편의 다름을 이해할 수 있었다.

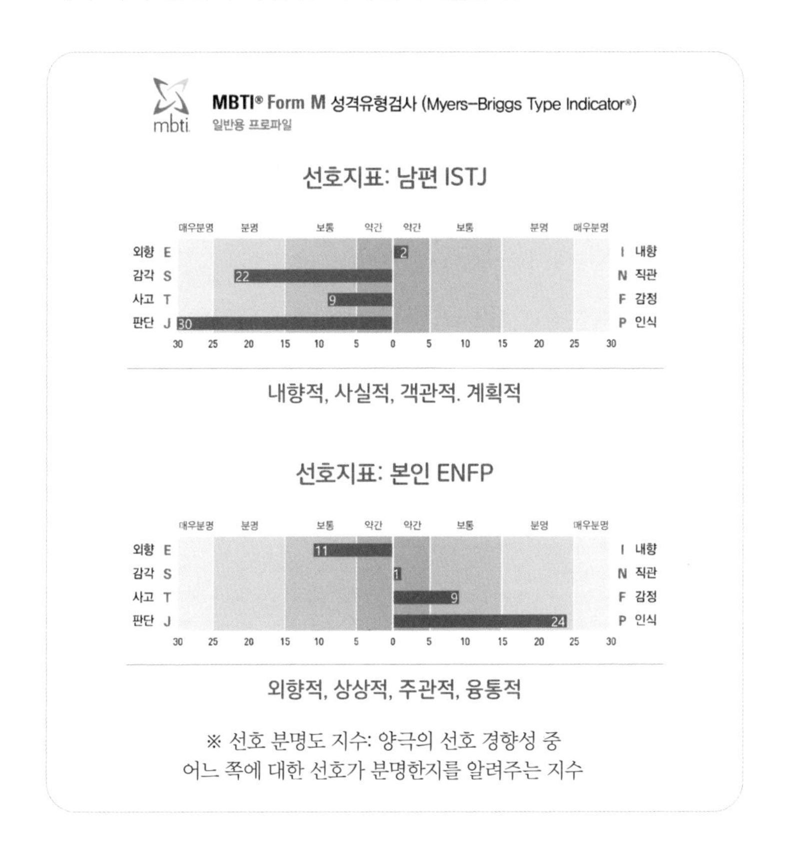

※ 선호 분명도 지수: 양극의 선호 경향성 중
어느 쪽에 대한 선호가 분명한지를 알려주는 지수

사람마다 다르게 생각할 수 있지만, 내 입장에서는 욕구와 감정이나 생각, 행동 패턴은 MBTI에서 나온 기질을 보면 이해가 더 잘 되었다. MBTI 검사 결과에서 분명도 지수가 분명하지 않으면(어느 한쪽으로 치우치지 않으면) 상대방의 기질을 이해하는데 조금 어려움이 있을 수도 있겠다. 하지만, 정확히 검사하면 상대방을 이해하는데 많은 도움이 되는 것은 확실하다.

선호 지표를 보면 남편과 나는 정반대 기질이 나왔다. 선호 분명도 지수도 중요한데, 파란색 그래프에 쓰여 있는 숫자가 선호 분명도 지수이다. 지수 차이도 많이 나는 것을 볼 수 있다.

MBTI 분석 내용을 보면 우리 남편이 ISTJ인데 선호 분명도 지수에서 S는 22, T는 9, J는 30. 나는 ENFP로 N은 1, F는 9, P가 26으로 서로 선호하는 부분이 정반대로 나왔다. 서로 변화되지 않으면 앞으로 함께할 시간들이 얼마나 피곤해질지 결과표를 보고 이해되리라 생각한다. 긍정적으로 표현해보자면 '서로 변화하면 함께 삶을 나누어가는 부부의 행복한 동행을 꿈꿀 수 있게 된다.'라고 할 수 있다.

상황 속에서 간단한 대화로도 서로 다른 기질의 특징을 볼 수 있다.

* 남편: 계획성 vs 아내: 융통성

(외출하려고 준비하는 상황이었다.)

남편: 아침부터 하루 스케줄 브리핑을 해준다. 그리고 10시 30분에 나가자고 한다. 준비 도중 카운트다운 하기 시작! 나가기 1시간 전이야. 40분 전, 20분 전이야.

나: 10시 30분에 나가려고 했으나 컨디션이 안 좋을 때도 있고, 애들이 놀다가 예상시간보다 30분 늦은 시간에 출발하기도 한다.

* 남편: 체계적 vs 아내: 자율적

(여행하려고 준비하는 상황이었다.)

남편: 자동차 정비 및 주유 확인, 날씨, 여행코스, 코스에 맞는 식당, 시간에 맞게 스케줄을 짜 놓는다.

나: 여행 가기 전날이나 출발하기 2시간 전에 짐을 싼다. 스케줄은 시간 되면 하고 안 맞으면 그냥 편히 쉬는 여행으로 한다.

* 남편: 정확, 철저/ 원리원칙 vs 나: 개인적, 공감

(아침에 아이들이 늦잠 자는 상황이었다.)

남편: 게으른 사람이나 늦잠 자는 거야. 시간에 맞춰 일어나서 아침 식사해야지.

나: 애들이 피곤해해서 못 일어나네. 주말이니까 오늘은 아침식

사 좀 늦게 먹이자.

* 남편: 감각형 vs 나: 직관형

(내가 사랑한다고 말하는 상황이었다.)

나: 여보 사랑해. (며칠 집안일을 적극적으로 도와주는 남편이 예뻐 보인다.)

남편: 갑자기? (어떤 상황인지 말해주지 않아 이해가 안된다.)

* 남편: 사실적 vs 나: 상상적

(구름 한 점 없이 맑은 가을 날씨를 보고 있는 상황이었다.)

나: 날씨 좋다. 엄마 보고 싶다. (화창한 날씨를 보니 엄마랑 나들이 가고 싶은 생각이 든다.)

남편: 그래? 갑자기? 날씨 이야기하다가? (현재에 초점을 맞춘 이야기가 아니어서 이해가 안된다.)

* 남편: 사고형 vs 나: 감정형

(친구 결혼식을 알려주는 상황이었다.)

나: 여보, 내 친구 세미 알지. 세미 부산에서 결혼식 한 대.

(사람관계에 주관심, 상황과 동일시: 친구나 결혼에 대한 질문을 받을 거라 예상한다.)

남편: 그래? 언제인데? 부산 어디? 혼자 갈 거야? 아님 가족 다

같이? 부산 대표음식 돼지국밥, 밀면이잖아. 갔을 때 먹으면 좋겠네. (분석적, 상황과 분리: 장소, 객관적으로 대답한다.)

이렇게 우리 부부는 정반대 기질인데 맨날 싸우지 않은 거보면 '남편이 그동안 날 이해하고 넘어가 준 부분도 많았겠구나. 그동안 남편이 나를 배려해준다고 한 행동들을 나는 못 느꼈을 수도 있었겠다.'라고 생각했다.

기질은 가족 구성원 안에서도 많은 영향을 받고 있었다. 남편의 원가족에서 ISTJ 기질이 예측되는 사람이 몇 명 있어서 ISTJ 끼리의 갈등이 있었을 것이란 생각도 조심스럽게 예측해보았다. 또 나의 친정가족들의 기질을 예측해보니 나는 이런 부분은 가족과 잘 맞았고, 이런 부분은 이래서 안 맞았다고 여겨졌다.

나를 알고 나니 남편이 보였으며 가족들의 성격도 객관적으로 바라볼 수 있게 되었다.

강의 안에서 내가 사용하는 대화 패턴을 찾아보는 과정도 있었다. 나름 솔직하고 배려한다고 말한 대화에서 충고, 조언, 분석, 맞장구치기 등 다양한 대화 패턴이 나왔다. 내가 이런 대화 패턴을 사용하고 있었다니 좀 놀라웠다. 좋은 의도를 가지고 말했지만 상대방이 그렇게 받아들이지 못했다면 서로의 감정에 불만을 느끼고 섭섭했을 것이다. '사랑하는 사람을 진정 사랑하려면 뭐가 필요할까?'고민되었다.

상황을 보는 관점이 나와 남편의 MBTI 기질에 따라 다르다는 것을 알았다. 그 후로는 어떤 상황을 볼 때 나의 관점과 남편의 관점 두 가지로 나뉘어서 보려고 노력했다. 며칠 뒤 남편의 기질로 이해되는 상황이 있었다. 나는 아침 일찍 일어난 남편이 피곤해 보여 남편 어깨 주물러주는 것을 이틀 정도 해주었다. 그리 흔하지 않은 상황이지만 그 다음날 아침에도 해주려고 하는데, 남편이 "여보, 요즘에 갑자기 왜 그래?"라고 말하는 것이었다. 예전의 내 대답 같았으면 "여보 고맙다고 말해야지, 왜 그렇게 말해? 나는 해줘도 좋은 말도 못 듣고……." 이렇게 말하면서 서운해했을 것이다. 내 기질은 사람관계에 주관심이 있는 기질이다. "여보가 해주니까 좋다. 고맙다." 라는 말을 듣고 싶어한다. 남편 기질에서 보면 계획적인 상황이 아니어서 갑자기 불쑥 어깨를 주물러주는 상황이 먼저 궁금한 것이다.

나와 다름을 인정하니 나랑 다른 의견을 보이는 상황에서도 웃음이 났다. 나는 "와!! 정말 ISTJ기질다운 답변이야."라고 말하면서 웃어넘길 줄 아는 여유가 생겼다. 문제 상황이 생겼을 때 벌컥 화를 내기보다 서로 다름을 이해할 수 있는 마음이 생겼다. 문제의 본질과 이후 나의 대처방안에 대해 생각해보고 바로 행동으로 옮길 수 있는 힘이 생기는 것을 느꼈다. MBTI 검사 결과가 많은 도움이 되었다. MBTI의 특징을 잘 이해하고 있다면, 상대방의 기질을 예측하는 것만으로도 그 상황을 받아들이기 쉬웠다. 난 육아에 있어서도 내 마음의 기준이 아닌 MBTI의 기질적인 부분을 먼저 고려하고 이해하려는 마음이 생겼다. 내가 예측하지 못한 아이들의 행동을 봤을 때 화가 나거나 큰소리를 치게 되는 상황이 종종 있었다. 내가 아이들의 행동이 이해되기 시작하면서 크게 화를 내지 않고, 스트레스도 덜 받게 되었다. 예를 들어 첫째 승연이는 수줍어서 인사하는 것을 어려워하고, 정리를 그때그때 잘 안 하는 편이다. 이런 부분을 보면 우리 승연이는(7살) ISTP기질로 예측이 된다. 내향적(I)이어서 조용하고 신중한 성향이라 만나는 어른마다 인사하기가 어려울 수 있겠구나. (P)자율적이고, 융통성에 가까운 기질이라 '정리를 자주하기보다 자기가 하고 싶을 때하는 경향이 있겠구나.' 하고 예상을 하게 되었다.

시간이 지나고 나서, 소통에 있어서 좀 더 넓은 관점으로 이해해보고 싶었다. MBTI로만 설명할 수 없는, 서로를 인간으로 이해하고, 소통의 문제에 대해 좀 더 깊게 생각했다.

이제 서로의 다름은 알았고 '서로의 다름을 어떻게 풀어 가면 좋을까? 어떤 방식으로 소통하면 좋을까?'고민하였다.

진정 내 이야기를 한다는 것
'나-메시지 대화법'

나와 둘째 준현이는 지금 이 순간에 집중해 가을 분위기를 만끽할 수 있었다.

#마음날씨 : 대부분 맑고 큰 일교차

나와 남편의 생각 차이를 불편하게 생각하지 않고 있는 그대로 받아들이는 마음.

가족과 솔직한 대화로 공감하고 싶었다. 그렇게도 천생연분이라 생각하는 남편과의 관계를 먼저 개선하고 싶었다. 그러기 위해서는 나의 노력이 필요한데, 나의 노력에 대한 마음가짐이 먼저라고 생각했다.

앞서 말한 내가 부부관계에서 중요하게 생각하는 세 가지.
①서로에 대한 믿음 ②서로의 가치관에 대한 존중 ③부부의 행복

이 세 가지에서 나의 숨겨진 욕구를 찾아 적어보았다.
그것은 자기 존재에 대한 믿음, 정서적 안정, 소통, 공감.
자신의 꿈/목표/가치를 실현하기 위한 방법을 선택할 자유이다.

일단 내가 먼저 소통에 대한 노력을 해보자고 결심하였다.

* '내가 먼저 노력해야 하는데. 해야만 하는데. 어쩔 수 없이 한다.'
이 생각에서 '나는 함께 삶을 나누어가는 부부의 행복한 동행을 원하기 때문에 노력하는 것을 선택한다.'라고 바꿔 생각한 문장이 내가 노력하는 데 있어서 많은 도움이 되었다. 더 실천하고 싶은 마음이 들었고, 노력하는 과정에서 어려움을 느낄 때도 마음을 다잡을 수 있게 해주는 문장이었다.
나는 비폭력대화에서 말하는 우리 자신과 [연민]으로 연결하기 중 「~ 해야만 한다. → ~ 을 선택한다」로 바꿔서 생각하는 연습을 추천한다.

'왜 내가 먼저 노력해야 하지? 나를 너무 낮추고 시작하는 거 아닌가?'하는 사람들에게 꼭 해보라고 이야기해 주고 싶다.

[※연민이란? 가슴에서 우러나와 서로 마음을 주고받을 때 나와 다른 사람 사이에서 흐르는 연민을 말합니다. 여기서는 우리 자신과 그런 마음을 주고받으라는 의미입니다.]

연습1) 나는 우리 부부 사이가 더 돈독해지기 위해 내가 먼저 노력해야만 한다.
-> 나는 우리 부부 사이가 더 돈독해지기를 원하기 때문에 내가 먼저 노력하는 것을 선택한다.

연습2) 나는 함께 삶을 나누어가는 부부의 행복한 동행을 위해 노력해야만 한다.
-> 나는 함께 삶을 나누어가는 부부의 행복한 동행을 원하기 때문에 노력하는 것을 선택한다.

연습3) 나는 우리 승연이 의견도 중요하다고 생각해서 노력을 해야만 한다.
-> 나는 우리 승연이 의견도 중요하다고 생각하기 때문에 내가 노력하는 것을 선택한다.

비폭력대화(NVC)에서는 이렇게 바꾸면, 우리는 자신의 삶에서 더 많은 즐거움과 진실을 발견하게 될 것이라고 이야기하였다.

나의 노력에 대한 마음가짐은 준비가 됐다. 그 마음가짐을 가지고 이제 실천으로 옮겨야 한다. 나의 첫 번째 실천은 관찰하기였다. 관찰은 말하지 않고 그 사람의 행동을 눈으로 보는 것인데, 손으로 기록해보면 객관적으로 관찰을 잘한 것인지 스스로 파악하기 쉬웠다.

[남편은 깔끔하고 청결한 것을 좋아한다. 남편이 퇴근 후 아이들의 반응을 뒤로하고 어질러진 장난감 정리를 하는 상황이었다.]

퇴근한 남편이 편한 옷으로 갈아입고 거실로 나온다. 아이들이 "아빠 놀자"라고 말하자 남편은 "잠깐만 이것 좀 치우고"라고 말한다. 거실 바닥에 있는 블록을 바구니에 주워 담고 블록 바구니를 정리한다. 어질러진 아이들의 미술 책상을 쳐다보더니 한숨을 쉰다. 바닥에 있는 사인펜과 색연필을 줍는다.

-> 여기에서 관찰만 잘해도 상대방 욕구를 찾을 수 있다.

아이들의 반응은 뒤로 하고, 정리에 몰두하는 남편.

남편의 욕구는 도움, 지지, 협력, 주거였다.

관찰해보니 남편은 정리 욕구가 있었으며, 그 정리를 도움 받고 싶어 했을 것 같다.

여기서 MBTI유형 중 남편의 ISTJ에서 SJ기질로 정리 욕구가 보이기도 하였다.

나 : 집이 정리가 되어 있었으면 좋았을 텐데. 여보가 정리를 하

느라 고생이 많네. 애들아, 아빠랑 같이 정리하자.

【욕구 표현은 비폭력대화(마셜-B.로젠버그) 욕구 목록을 참고하였다.】

《내가 남편의 욕구를 알아차리지 못했다면》

나: 여보, 집에 오자마자 뭐해? 애들이 놀자는데 왜 장난감만 줍고 있어?

남편: 내가 줍고 싶어서 줍나? 바닥에 장난감이 많아서 집이 어질러 있잖아.

이런 대화가 이루어졌겠지? 아이들이 놀자고 표현하니 아이들과 놀아줬으면 하는 나의 욕구와 어질러진 장난감을 먼저 정리해주고 싶은 남편의 욕구가 서로 달라 다툼으로 연결되지 않았을까? 생각해본다.

상대방이 나에게 어떤 말을 하지 않았는데도, 상대방의 행동을 보고 나의 마음의 기준이 아닌 상황을 객관적으로 받아들이고자 하는 마음이 생긴 것이다. 내가 느끼는 관찰의 효과는 행동의 옳고 그름을 판단하지 않는 것이었다. 관찰의 중요한 포인트는 상대방의 욕구를 파악하는 데 있다고 생각하였다.

여러 번의 경험이 필요했지만 나는 남편을 이제 객관적으로 관찰하는데 능숙해졌다. 그다음에는 관찰한 상황을 보고 대화를 해야 했다. 예전에 내가 사용했던 방식과 다른 방식으로 대화하고 싶었다. 왜냐하면 예전에 내가 사용했던 방식으로 대화하게 되면 또다시 갈등이 생길 수밖에 없기 때문이다. 대화방법을 공부하여 전과 다른 방법으로 대화를 연습하였다.

[나-메시지 단계: (관찰보고)+욕구+느낌+부탁]

나는 처음에 4단계를 넣어 말하기가 어려워서 일단 한 단계씩 적용해서 말해보았다.

모든 것에는 단계가 필요하다. 나는 처음에는 한동안 관찰만 하였고, 관찰 단계가 익숙해지면 욕구와 느낌까지 말하였다. 그 다음에는 부탁단계까지 넣어서 말하였다. 물론 대화법 단계에 맞춰 말을 못 할 수 있고 그중에 한 단계만 적용할 수도 있다. '일단 한 가지라도 성공해보자!'라는 마음으로 시작하였다.

몇 달 전 우리 부부의 갈등 상황에서 했던 대화인데, 그 당시에는 내가 갈등을 풀고자 했던 말이 오히려 더 큰소리로 이어졌다. 내가 공부한 대화방식으로 하면 갈등 상황이 어떻게 바뀔지 궁금해서 그 대화 문장을 다시 수정하여 표현해보고 싶었다.

남편: 몇 년 동안 똑같은 거로 똑같이 다투게 되네. 나도 나지만 여보도 대단해요. 과연 나만 문제인가? 그렇죠. 나만 문제죠.

나 : 내가 생각해도 우리는 똑같은 걸로 다퉈. 여보가 안 바뀌니

까 그렇지.

예전에는 상대방 탓만 했다면 이제는 상대방을 대할 때 나와 다름을 인정하니까 상황을 받아들이는 관점이 달라졌다.

나 : "여보가 나만 문제인가? 라고 말하는 것을 보니, 내가 화가 나네."로 표현하였다. 나의 관점에서 말하는 것이다. 이 당시에는 이렇게만 대화가 가능했는데, 지금 와서 생각해보면 '나-메시지 4단계로 좀 더 정확하게 표현했으면 좋았을 걸'하는 아쉬움이 있다.

지금 다시 수정해서 이야기해 보라고 한다면,
나 : 여보가 나만 문제인가? 라고 말하고 있네. 나는 서로가 중요하다고 생각하는 부분이 달라서 다투게 된다고 생각하기 때문에 그 말을 들으니까 섭섭해. 이 문제 상황에서 나에게 서운한 점을 말해줄래?

이것이 나-메시지 방법이다. 상대방이 무엇을 해준 것이 아니라, 상대방의 어떤 행동을 관찰하고 내가 느끼는 나의 욕구와 감정만 이야기를 한다. 나의 감정, 욕구, 부탁을 정확하게 전달하는 것이다. 한 문장으로 표현해보기 시작했고, 자연스럽지는 않지만 나는 실생활에서 천천히 4단계를 적용해서 말할 수 있었다.

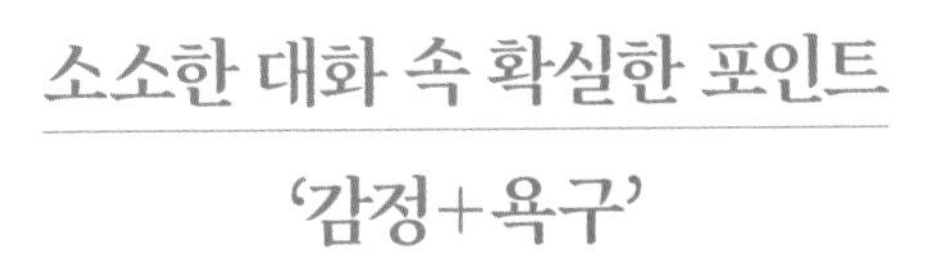

소소한 대화 속 확실한 포인트 '감정+욕구'

제주도 한 달 살기 중이다. 네 식구 다 같이 꼭꼭 붙어있는 시간이 소중하다.

#마음날씨: 뭉게구름 많은 파란 하늘

뭉게구름이 있어 해를 가렸지만 조금 뒤 따뜻한 햇볕이 나서 참 반가운 마음이 든다.

*** 내 안에 있는 욕구와 느낌(감정)에 집중하기**

나의 두 번째 시도는 욕구와 느낌 말하기였다.

【나-메시지 단계:(행동관찰)+욕구+느낌+부탁】

내가 이 대화에서 사용한 건 나-메시지 단계 중 일부였다.

나는 '~라고 생각하기 때문에 + 느낌'이라고 말했다. 그것이 익숙해졌을 때 부탁도 넣어서 이야기해 보았다.

【가족에게 나의 욕구와 감정 표현하기】

남편과 아이들에게 나의 욕구와 감정을 표현한 대화이다.

(남편에게) "여보, 나는 여보가 날 기다려 줄 거라고 생각했는데, 여보가 없어서 속상했어. 다음에는 먼저 간다고 이야기해줄래?"

(자녀에게) "엄마는 안전을 중요하게 생각하기 때문에 네가 식탁에 올라가 있으면 화가 난다. 걱정된다. 내려와."

느낌을 말하는 것이 처음에는 어색했다. 느낌을 표현하려고 보니 보통 생각을 느낌으로 착각해서 말하는 경우도 있었다. 예를 들어서 "여보가 먼저 연락해 줘서 좋다"라는 말은 생각이다. "여보가 연락을 먼저 해줘서 기쁘네. 고마워. 감동이네." 이건 느낌을 말한 것이다. 아이에게도 "승연이가 엄마를 도와주니까 좋다." 이건 생각이고, "승연이가 엄마를 도와주니까 엄마는 감동이네. 행복하다. 편안하다." 이건 느낌이다. 한동안 느낌 목록을 보며 표현하는 연습을 했었고, 지금도 더 다양한 느낌을 표현하기 위해 마셜-B. 로젠버그의 비폭력대화 느낌 목록을 자주 살핀다.

나는 대화할 때 욕구+느낌을 묶어서 이야기했을 때 더 편하게 대화할 수 있었다. 또, 내 욕구와 느낌을 잘 말할 수 있게 되었을 때, 상대방의 욕구와 느낌을 알아차리기 시작했다. 내 경험에 의하면 내 감정과 욕구 알아차리기가 굉장히 중요하다고 생각된다. 대화법으로 이야기하자면 공감 말하기가(나의 관점: 관찰+느낌+욕구+부탁) 되어야 공감 듣기가(상대방의 관점에서 보는: 관찰+느낌+욕구+부탁) 수월해지고, 가능하다는 이야기이다. 어떤 상황에서 '아! 남편은 이런 욕구와 이런 느낌이 있었을 거야.'라고 예상하기가 쉬워진다는 말이다. 나와 다른 부분을 남편의 ISTJ 기질로 받아들였다. 그래서 남편의 행동과 생각을 어느 정도 예상할 수 있었고, 그것을 이해한 다음 내 감정과 욕구를 표현하였다. 남편의 욕구와 느낌도 알아차려서 대화로 소통할 수 있었는데, 남편과 더 가까워지고 있음을 느낄 수 있었다.

나의 느낌과 욕구를 알아차리면서 내 대화 패턴이 바뀌어 가는 것을 알게 되었다. 공감 말하기로 표현할 수 있었다. 앞에 나왔던 상황에 따른 나와 남편의 갈등에서 썼던 대화를 공감 말하기로 바꾸어 표현해 보았다.

* 남편: 계획성 vs 나: 융통성

(외출하려고 준비하는 상황)

남편: 아침부터 하루 스케줄 브리핑을 해준다. 그리고 10시 30분에 나가자고 한다. 준비 도중 카운트다운 하기 시작! 나가기 1시간 전이야. 40분 전, 20분 전이야.

나: 10시 30분에 나가려고 했으나 컨디션이 안 좋을 때도 있고, 애들이 놀다가 예상시간보다 30분 늦은 시간에 출발하기도 한다.

《내가 남편의 욕구를 알아차리지 못했다면》

【남편의 욕구】 시간에 맞춰 준비하여 나가고 싶은 욕구

【나의 욕구】 애들 컨디션이 중요하니 예상했던 시간보다 여유 있게 준비하고 싶은 욕구

예전의 나: 왜 자꾸 시간을 재? 사람 불안하게. 애들이 피곤해하잖아. 좀 늦으면 어때?

이런 대화가 이루어졌겠지?

《내가 공부했던 (나-메시지 대화법을) 적용해 보면》

【욕구+느낌 대화】 나는 애들 컨디션을 중요하게 생각하기 때문에 좀 더 자게 하고 싶은데, 여보가 시간 지날 때마다 말하니 화가 나네.

【관찰+욕구+느낌+부탁】 여보가 시계를 보면서 나가기 1시간 전 40분 전 20분 전 시간을 말하고 있네. 나는 애들 컨디션도 중요하게 생각하기 때문에 좀 더 자게 하고 싶은데, 여보가 시간 지날 때마다 말하니 화가 나네. 나가는 시간을 늦추면 좋겠어.

《여기서 상대방의 욕구를 예상해서 공감 듣기로 말해보면》

【공감 듣기 = 상대방 관찰 + 느낌 + 욕구 + 부탁】

나: 여보가 시계를 보면서 나가기 1시간 전 40분 전 20분 전 시간을 말하고 있네. 여보는 시간에 맞춰서 나가고 싶은데 우리가 준비하는 행동을 보이지 않아서 불안했어? 여보한테 우리가 시간에 맞춰서 준비하고 나가자고 말했으면 좋겠어?

* 남편: 감각형 vs 나: 직관형

(집안을 많아 도와주는 남편이 예뻐 보이는 상황이었다.)

나: (며칠 집안일을 적극적으로 도와주는 남편이 예뻐 보인다.) 여보 사랑해

남편: 갑자기?

이 상황에서 서로의 욕구를 들여다보면

【나의 욕구】 상대방과 교감하고 싶은 욕구, 집안일을 해준 고마움을 표현하고 싶은 욕구

【남편의 욕구】 상황을 이해하고 싶은 욕구

《내가 남편의 욕구를 알아차리지 못했다면》

예전의 나 대화: 뭐가 갑자기야? '사랑해'라고 말하는 상황이 정해져있어?

《내가 공부했던 (나-메시지 대화법을) 적용해 보면》

【욕구+느낌 대화】 내가 할 일을 여보가 해줬을 때 내가 존중받는다고 생각하기 때문에 나는 행복했어. 여보, 사랑해.

【관찰+욕구+느낌+부탁】 여보가 갑자기?라고 말하고 있네.

내가 할 일을 여보가 해줬을 때 내가 존중받는다고 생각하기 때문에 나는 행복했어. 여보, 사랑해. 여보도 나한테 표현을 해줬으면 좋겠어.

《여기서 상대방의 욕구를 예상해서 공감 듣기로 말해보면》

【공감 듣기 = 상대방 관찰 + 느낌 + 욕구 + 부탁】

나: 여보가 갑자기?라고 말하고 있네. 사랑해라고 말하는 상황을 이해하고 싶었는데, 못해서 당황스러웠던 거야? 내가 상황을 이야기하고, 사랑해라고 말하면 좋겠어?

상대방의 욕구만 알아차려도 내 마음이 한결 가벼워지고 상황이 정리된 느낌이었다.

감정에 휩쓸리지 않고 문제의 본질에 집중하는 것, 그 힘은 놀라웠다.

나도 주장이 강하고, 남편도 주장이 강하다. 그런데 서로의 의견에서 옳고 그르다가 아닌 서로 본래 지닌 존재의 중요성으로 이해했다. 서로의 다름을 인정하게 되었고 그 관점에서 보면 '갈등상황을 해결할 수 있겠다.'생각하였다.

내가 '나를 알아가는 시간'이라는 첫 강의를 들으며 알아낸 나의 욕구와 감정을 정확히 파악하고, 거기에 상대방의 욕구와 감정까지 볼 수 있다면. 어떻게 될까?

나는 정서적인 안정을 느꼈으며 '이런 게 소통이구나!'라고 생각했다. 이것은 여러 사람에게 조언을 듣는 것보다 나에게 더 많은 도움이 되었다. 갈등 상황이 생겼을 때 이런 소통을 통해서 풀어나가고 싶었다.

내 삶에 생기를 더해줄 남편과의 공감 대화

남편의 육아휴직 기간에 서로를 더 많이 알게 된 우리

#마음날씨: 비온 뒤 무지개 볼 수 있는 날씨

우리의 갈등 상황이 언제까지고 반복될 줄 알았는데, 무지개를 보며 우리 관계도 점차 변화되고 있음을 느낀다.

내가 비폭력대화, 공감 말하기(솔직하게 말하기)와 공감 듣기(공감으로 듣기)를 처음 사용했을 때 남편은 새로운 말투에 당황하고 어색해했고 '왜 그러지?'라는 웃음을 보였다. 남편이 말한 것을 대화법 관찰 단계에서 내가 다시 한번 반복하여 이야기했다. 그러면 남편은 "로봇 같아! 내가 말한 것을 왜 똑같이 다시 반복해서 말해?" 장난스러운 웃음을 지었다. 나는 "여보가 말한 것을 다시 한번 말하면서 내가 잘 받아들였는지 확인하는 과정이야." 라고 말한 후, 대화 단계에 열심히 적용하여 대화했다. 마침내 그 대화법을 내가 자연스럽게 쓸 수 있었을 때 남편의 행동과 사용하는 말투에 변화가 일어나기 시작했다. 내게 대화법이 익숙해질 무렵, 우리는 다정한 대화를 할 수 있었다. 서로 소통하고 있었으며, 공감하고 있었고, 그것으로 정서적인 안정과 나의 존재에 대한 믿음이 생겨났다. 정확한 단계에 맞춰 말하지 못한 경우도 있었지만, 최대한 그 단계를 유지해서 말하려고 노력하였다. 요즘 남편과 하는 대화중 메신저대화가 정확하게 남겨져 있어 기록해 보면서 예전 나의 대화방식을 상상해서 같이 기록해 본다.

[남편이 회사 사람들과 퇴근 후 피자집에서 피자를 먹었다. 먹다 보니 피자를 좋아하는 내가 생각나 포장해왔다. 내가 그 피자를 먹고 나서 서로 대화하는 상황이었다.]

예전의 나: 피자 어디서 사 왔어? 맛있네. 다음에도 사다 줘.

《공감 말하기 단계를 지키며 모바일 메신저로 대화를 하는 상황》

나: 여보, 어제 포장해온 피자 2조각 있어서 데워서 잘 먹었어. 피자 좋아하는데 포장해오니 감동스럽네. 다음에도 맛있는 거 먹을 때 내 생각 해서 포장해올 수 있을까?

남편: 새것 따뜻한 거 시켜줘야지.

나: 여보가 그렇게 말해주니까 나를 생각해 준다고 생각하기 때문에 기쁘네.♡

=> 말을 할 때 나의 감정과 욕구를 구체적으로 표현해서 말한다.

나는 공감 말하기를 처음 시도할 때 모바일 메신저로 대화를 했다. 내가 말하고자 하는 것이 잘 표현되고 있는지 눈으로 확인할 수 있어 좋았고, 작성하다가 수정할 수도 있어서 많은 도움이 되었다.

[평소 군것질을 잘 하지 않는 남편은 간식비로 많은 돈을 지출할 때 이해하지 못한다. 그런데 같이 외출한 어느 날 "당신 와플 좋아하잖아! 넉넉히 주문해"라고 이야기하는 상황이었다.]

예전의 나: 이집 와플 맛있다. 다음에 또 사러 가야지. 여보한테는 비쌀 수 있는데, 난 맛있어서 만족스러워. 그 가격한다고 생각해.

《공감 말하기 단계를 지키며 모바일 메신저로 대화를 하는 상황》

나 : 와플 많이 사라고 해서 마음 놓고 많이 먹었어요. 와플 많이 사라고 해서 행복했어요.♡ 내가 좋아하는 거 먹으면 행복감을 느끼는데 여보가 많이 사라고 하니까 나를 존중한다고 생각했기 때문에 나를 더 사랑한다고 느꼈어요. 다음에도 먹고 싶은 거 살 때 많이 사라고 해주실 수 있나요?

남편: (하하) 네.

=> 우리는 가끔 존댓말로 대화를 할 때가 있는데, 재미있기도 하고 더 존중받는다고 느껴져서 그렇다. 특히, 모바일 메신저로 대화할 때 존댓말로 쓰는 편이다.

【관찰+욕구+느낌+부탁】 4단계로 이야기했는데, 손발이 오글거리는 표현일 수 있으나 익숙해지면 서로 오히려 애틋하게 느껴진다. 간식을 안 좋아하는 사람은 비싼 간식 사 먹는 것을 잘 이해하지 못할 때가 있다. 우리 남편도 그런 편인데, 내가 나의 욕구와 느낌을 잘 전달하니까 흔쾌히 좋은 대답으로 표현하는 모습을 볼 수 있다.

[남편은 시간을 정확하게 잘 지킨다. 어느 날 내가 몸이 몹시 아파 집에 8시까지 와달라고 이야기했고 남편은 알겠다고 하였다. 그런데 이야기 없이 남편이 늦는 상황이었다.]

남편: 지금 6시 5분인데 집 8시 도착 예상. 최대한 서둘러갈게.

남편: 몸은 좀 어때요? 지금 7시 53분이네. 늦어서 미안해요. 저

녁 회의가 늦어져서 지금 가는 중이에요. 9시 다 돼서 도착하겠는데요.

예전의 나: 지금이 몇 시야? 늦으면 미리 말을 해줘야지? 내가 나 아프다고 했잖아. 여보는 여보만 생각해?

《공감 말하기 단계를 지키며 모바일 메신저로 대화를 하는 상황》

나: 9시 다 돼서 도착하겠다고 말하네요. 난 여보가 약속을 잘 지켜서 변경 시 미리 말해줄 거라고 생각했기 때문에 8시에 오기로 했는데 지금 8시에 늦는다고 말하니까 화가 나네요.

남편: 다시 한번 미안합니다.

나: 몸이 아프면 보호받고 싶기 때문에 배려 받지 못한다는 생각이 들어서 섭섭하네요.

남편: 입이 열 개여도 할 말이 없네요. 최대한 빨리 가려고 서둘렀는데 또 미안해요.

=> 예전 같았으면 나는 내 몸도 힘들고 늦게 온다고 하니 화난 감정으로 상대방 감정 상하게 하는 대화를 쏟아냈었다. 그런데 대화법으로 천천히 말하다 보니 화난 감정도 좀 가라앉혀진 상태에서 내 감정과 욕구를 표현할 수 있었다. 상대방도 나의 구체적인 감정과 욕구가 이해가 되니 더 미안해하는 모습을 보였다.

대화 방법을 한 단계씩 적용해가면서 내가 느낀 변화는 나와 상대방이 더 가까워진 느낌이었고, 내가 상대방을 있는 그대로 인정하고 존중 해 준다는 것을 상대방이 느끼고 있었다. 전과 다른 지금의 대화방식인 공감 말하기로 자꾸 대화하고 싶었다.

난 우리 남편에게 이런 대화법을 설명해 준 적이 없다. 우리 남편은 성격상 뭔가 결과가 예측이 되고 결과가 눈에 나타나야 행동으로 실천하는 타입이다. 실제로 눈에 보이지 않는 심리학을 믿는데 어려움이 있다. 이건 MBTI 기질 중 ST의 영향으로 예측해 볼 수 있다. 그런데 우리 남편이 어느 순간 내가 하는 대화법을 비슷하게 따라 하고 있다는 걸 알게 되었다. 본인이 느껴야지만 움직이는 사람이기에 이 대화법은 '서로를 존중해 주고 있다는 느낌을 주는구나!'라는 생각이 확실해졌다.

관계에서 가장 중요한 것은 소통이다

첫째 승연이가 그린 우리 가족그림. 다함께 웃는 모습이 사랑스럽다.

#마음날씨: 낮과 밤 일교차가 큰 가을 날씨

낮과 밤의 기온 차이가 커서 감기 걸리기 쉬운 날씨. 사용하는 대화방식에 따라 또다시 갈등관계로 가기 쉽다.

앞서 말한 남편과의 관계 개선에서 느꼈던 내가 부부관계에서 중요하게 생각하는 세 가지.

①서로에 대한 믿음 ②서로 가치관에 대한 존중 ③부부의 행복

이 세 가지에서 나의 숨겨진 욕구.

그것은 자기 존재에 대한 믿음, 정서적 안정, 소통, 공감.

자신의 꿈/목표/가치를 실현하기 위한 방법을 선택할 자유이다.

이 욕구들을 나는 하나씩 채워가고 있었다. 내가 욕구를 일부러 채우려 애쓰지 않았지만 그것을 알고 있는 것만으로도 자연스럽게 나의 행동이 변화되고 있었다. 이 욕구들은 내가 자기소개할 때 현재에 충족되지 않았던 욕구와 같은 것임을 알았다. 신기했다. 현재에 이런 욕구들이 충족되지 않으니 '부부관계에 있어서도 내가 같은 욕구를 찾고 있었던 것은 아닐까?'라는 생각이 들었다. 하지만 내가 느낀 것은 앞의 물음과 달랐다. 내가 대화법이 익숙해졌을 때쯤 아주 나중에 알게 되었다. 위에서 말한 욕구가 나의 삶에서 가장 중요하게 생각했던 욕구여서 그것을 부부관계에 있어서나 자녀 관계에 있어서, 또 다른 사람들과 관계를 맺을 때도 채우고 싶어 했다. 사람마다 다양한 욕구가 있어서 다른 경우도 있겠지만 내 경우에는 다른 상황에서도 위의 욕구와 같았다.

내 욕구는 내가 채워야하는데 상대방이 채워주길 기대한 적이 있었다. 내가 하는 행동과 과정을 상대방이 알아주고 인정해줬으면 하는 마음도 컸다. 그것이 채워지지 않으면 상대방에 대한 실망감이 생기면서 속상하고 화가 났다. 내 욕구를 하나씩 채워가는 과정에서 상대방이 인정해주는 것보다 스스로가 자신을 인정해주는 것이 중요하다고 느꼈다. 나의 욕구를 상대방이 충족시켜줄거라는 초점에서 내가 채워가는 것임을 알게 된 것은 큰 의미가 있었다.

나의 익숙한 대화방식과 자녀에게 쓰는 감정 표현은 '어디에서 왔을까?' 감정에 따라서? 아니다. MBTI 기질적인 부분도 있겠지만 나는 우리 남편이랑 대화를 할 때 우리 어머님의 말투나 대화방식이 가끔 우리 남편 모습에서 보일 때가 있음을 느낀다. 나의 대화방식도 우리 남편이 봤을 때 친정 엄마와 비슷하게 보일 것이다. 이렇게 느끼는 상황이 자주 맞닥뜨리다 보니 우리가 어렸을 때 자신의 생각과 느낌을 부모님께 수용 받았던 경험에 의해서 나타나는 것이라고 여겨졌다.

내가 의식하지 않고 말하면 다시 예전에 사용했던 대화 패턴을 사용하게 될 때가 있었다. '공감말하기와 공감듣기'라는 좋은 대화법을 놔둔 채 내가 편하다고 계속 사용했던 대화 패턴을 사용하게 되면 어떻게 될까? 나는 물건을 정리하는 것과 비슷하다고 생각했다. 지금 내가 너무 분주한 상황이라 물건을 제자리에 두지 않고 휙 던져놓으면 지금 당장이야 편하겠지만 나중에는 어떻게 될까? 바쁜 상황이 많아질수록 그 물건들은 더 쌓이게 되고, 나중에 정리하려면 처음보다 더 많은 시간과 노력을 해야 제자리로 돌아갈 수 있을 것이다. 대화에 있어서도 마찬가지다. 지금 5분이란 시간으로 좋은 대화법을 통해 해결할 수 있는 일을 두고 지금 당장 내가 편한 평소에 쓰던 대화 패턴으로 휙휙 던져버리는 말을 사용하는 것이다. 그 말로 상처 난 마음은 관계를 회복하고자 했을 때 엄청난 노력과 시간이 걸릴지도 모른다.

스스로를 성찰하지 않으면 예전으로 돌아가게 된다. 내 대화방식이 가족에게 많은 영향을 미치고 있다는 것은 앞에서 제시했던 여러 상황에서도 알 수 있다. 똑같은 말을 했어도 사람의 기질에 따라서 어떤 사람은 위로가 될 수도 있고, 어떤 사람은 화가 날 수도 있기 때문이다. 나와 상대방의 욕구, 느낌을 알아차리는 비폭력 대화 방법은 각기 기질이 다른 사람들이 들어도 객관적으로 이해된다. 자신의 욕구와 느낌을 존중받고, 공감받는다는 생각이 들기 때문에 굉장히 좋은 방법이라고 생각하였다.

물론, 너무 화가 나서 툭하며 의도치 않게 화를 낼 때도 있을 것이다. 나도 공감 말하기를 쓰면서 불쑥 내가 쓰던 예전의 대화 패턴이 나온 적이 있다. 다툼으로 이어질 뻔한 상황이 있었는데 나는 일단 침착하게 생각과 행동을 멈췄다. 그리고 성찰을 통해 이 상황에서 내가 무엇을 얻고 싶었는지 욕구와 느낌을 체크했다. 그 상황에서 솔직함으로 다시 남편에게 다가가 비폭력 대화법(공감말하기+공감듣기)을 사용해 이야기하였다. 나와 남편의 화난 감정은 점점 가라앉았다.

내 경험에 의하면 나의 행동과 대화를 바꿔가는 데 도움이 되었던 것은 대화법과 하루 일기를 짧게 쓰듯이 욕구와 느낌을 기록하는 것이었다. 상황을 구체적으로 적으면 더 도움이 될 테지만 어렵다면 그 순간의 욕구와 느낌만이라도 기록하는 게 필요하다. 나는 대화에서 '소통과 공감'이라는 욕구를 얻고 싶었으며 내가 공감 말하기와 공감 듣기 대화법으로 나는 그 욕구들을 채워갔다. 그래서 행복을 느꼈고, 그 대화법들을 자꾸 실천하게 되었다.

우리는 모두 관계 속에서 성장한다

둘째 준현이 돌을 축하하며 가족사진을 찍다.

#마음날씨 : 구름 한 점 없는 맑은 날씨에 여우비

맑고 포근한 날씨가 계속되면서 건조주의보! 여우비가 내려 건조했던 내 마음을 촉촉이 적셔준다.

온라인 첫 강의를 들을 때 모르는 사람 앞에서 울먹이면서도 나의 생각을 말할 수 있는 용기, 문제를 보고 2~3분 안에 자신의 감정을 표현할 수 있는 용기, '나에게 그런 솔직함을 표현할 수 있는 용기는 어디에서 왔을까?'라는 질문을 추후에 생각해 보게 되었다. 그것은 나의 어릴 적 이야기와도 연결되었다는 것을 깨닫게 되었다. 어린 시절에 부모님은 내가 무엇을 잘해서가 아니라, 나의 존재 자체를 늘 자랑스러워해 주셨다. 삼 남매 중에서 공부는 언니와 남동생이 제일 잘했는데도 있는 그대로의 나를 믿어주셨다. 부족함을 보였어도 내 의견과 감정을 수용해 주셨던 엄마, 아빠였다. 그것을 함께 느낀 언니와 남동생은 지금도 나의 존재를 늘 자랑스러워한다.

많은 책에서 다뤄왔던 자신의 생각과 느낌(감정표현)을 많이 인정받고, 공감받으며, 수용 받은 아이는 자존감이 높다는 이야기가 내 경험과 같은 내용이다. 그 경험에서 나는 용기와 솔직함을 얻을 수 있었다. 솔직해지기 위해서는 자신의 생각과 느낌을 공감받고 수용 받은 경험이 많아야 한다. 이것은 아이뿐만 아니라 부모에게도 굉장히 중요한 이야기라고 생각한다.

어른이 된 내가 생각하기에도 사랑받은 경험, 나의 생각과 느낌을 인정받은 경험들이 쌓여서 나의 존재에 대한 믿음을 높여주었다고 느낀다. 성인이 된 나의 대화방식과 감정표현이 어린 시절 경험에서 나온다고 생각하니, 내가 우리 아이들에게 어떤 방식으로 대화를 해야겠는지 더 분명해졌다. 또, 부모로서 어떤 모습을 보여주고 싶은지 다시 한번 생각하게 한다.

남편의 감정과 욕구들이 보였고, 개별성과 존재의 중요성도 느꼈다. 우리는 정반대의 기질이라기보다 상호보완적인 기질이라고 생각하게 되었다. 상호보완적인 기질. 내가 못하는 부분을 척척 잘 해내는 남편의 모습을 보고 배려 깊다고 생각하며 연애가 불타올랐을 거라는 생각도 든다. 여러 단어들이 떠올랐다. 개별성, 존재의 중요성, 다양성의 가치, 상호보완 등. 내가 못하는 걸 반대로 채워주는 사람. 내가 가지고 있지 않은 것을 선물 받은 기분이었다.

남편의 존재의 중요성 그 부분에서 이해하고 그 관점에서 갈등 상황을 해결할 수 있다는 확신이 생겼다. 물론 자녀를 바라볼 때도 마찬가지다. 갈등 상황이 생겼을 때 나의 욕구와 상대방의 욕구가 다를 수 있음을 인정하는 것이다. 풀리지 않을 것 같았던 문제들로 큰 스트레스를 받았었는데 이제는 침착하게 갈등해결 방법을 찾을 수 있는 여유가 생겼다.

이 모든 과정을 통해 나는 인간관계에서 가장 중요한 것은 소통이라고 생각한다. 자기를 성찰하고 깨어있는 상태에서 소통하는 것이다. 상대방에게 따뜻한 관심을 가지고 있어야 관계가 좋아지지 않을까? 따뜻한 관심으로 상대방의 욕구와 느낌을 알아봐 주는 것이 중요하다. 또한 긍정적인 생각과 관계에 책임을 지려는 태도를 가져야 한다고 생각된다. 그런 마음은 내 마음에 쌓여있던 감정이 없어야 가능해지는 것 같다. 감정을 처리하지 못하면 쌓여서 마음의 여유가 없어진다. 순간순간에 나의 감정을 표현하는 것이 바람직한 거고, 그게 자유로움이다. 있는 그대로의 내가 좋은 것이고, 그로 인해 나에 대한 믿음이 생기는 것이고, 그것이 자기를 사랑하는 표현 방법이 아닐까? 생각해 본다.

먼저 비가 와야 무지개가 뜬다는 말처럼 나에게 뭔가 크게 부딪혀 와닿는 일이 있었고, 그것을 노력이라는 행동을 통해 욕구와 느낌을 표현한 것이었다. 그동안 '인생이라는 큰 그림에서 너무 한 곳만 돋보기를 대고 끙끙거린 것은 아닐까?'라는 생각이 들었다. 그것은 나에게 좋은 계기가 되었고, 방황하던 퍼즐 조각들이 퍼즐 판에 맞춰진 그런 느낌이었다. 인생이라는 큰 울창한 숲에서 난 어떤 방향으로 가고 싶은지 스스로가 알아가며 깨닫는 즐거움이 요즘 내가 느끼는 최고의 행복이다. 늘 긍정적인 상황이 오는 건 아니지만, 그 상황을 지혜롭게 해결하는 힘이 생겼고 작은 변화들이 우리 가족 안에서 일어나고 있다.

'다름' 이라는 것을 그 사람의 존재로 받아들이는 순간
- 내 인생의 짝꿍에게

나랑 너랑은 '왜 이렇게 의견이 안 맞아?'가 아니고, 나의 의견도 너의 의견도 서로 가치관이 다르니까 의견 충돌이 생길 수 있었던 거였어. 너는 내가 미워서가 아니고, 내가 중요하지 않아서도 아니고, 나의 의견을 무시해서도 아니었어. 그냥 너는 너의 기질에 맞게 대화를 한 거였지. 네가 중요하게 생각하는 가치관에 맞춰서 말이야. 그런데 난 그것을 심각하게 받아들여서 '내가 너한테 그런 존재밖에 안 돼?'라는 생각이 커졌고, 너에 대한 미움과 너의 존재에 대한 실망감이 생겼어. 그리고 이 상황을 해결하지 못하는 나의 존재에 대한 실망감도 생기게 되었던 거였지.

난 감정과 욕구에 솔직해지기로 했어. 그래서 나의 한계가 어디까지인지 들여다봤고 내가 지금 필요한 욕구는 뭔지, 나는 이 상황에서 뭘 느끼는지, 뭘 필요로 하는지. 그것을 깨닫게 되었지. 그랬더니 너의 욕구와 감정도 보이기 시작한 거야. 너와 내가 같은 상황에 머물러있었는데도 느끼는 욕구는 달랐고, 감정도 달랐지. 그리고 우리가 서로가 다르다는 것을 나는 인정하게 되었어. 그랬더니 나의 의견과 너의 의견이 객관적으로 잘 보이기 시작했지. 그래 맞아, 의견에는 옳고 그르다, 맞다 아니다가 없지. 각자의 생각과 느낌이니까. 그런데 왜 그때의 난 내 의견만 맞는다고 생각했을까?

그래. 우리는 반대 성향의 기질이지. 서로 부족함을 채워주고 상호 보완적인 사이임을 놓치고 있었네. 서로 부족한 점을 채울 수 있는 것에 감사해하며 사랑에 푹 빠졌었는데, 그 크나큰 사랑을 잊고 있었네. 서로의 존재가 뭔가로 덮어져 잠시 잊고 있었던 기분이야. 서로의 고유한 존재방식을 인지하고 이해하며 알아주면서 위로할 수 있는 관계였지. 나라는 존재와 너라는 존재가 중요하고, 그래서 다른 의견이라 하더라도 서로의 의견이 중요해. 그 관점에서 보면 갈등 상황을 해결할 수 있지 않을까? 앞으로 다가올 어떠한 문제 상황에서도 말이야.

우리의 한계로부터 배울 수 있는 힘을 주는 솔직함, 그 중요함을 함께 나누자!

물감 팔레트와 물통은 한 개뿐이지만
두 아이가 서로 양보하며 즐겁게 미술놀이를 한다.

부록

내 마음을 이해하는 시간

나의 솔직함, 한계로부터 배울 수 있는 힘을 느꼈습니다. 그것이 생각을 깨웠고, 그 과정에서 꼭 필요한 것들만 질문으로 만들어 보았습니다. 기록해 보면서 자신의 마음과 마주해보세요.

1. 감정과 욕구를 표현해 보기

내 마음속 감정과 욕구 표현해 보기. 감정과 욕구 중 순서에 상관없이 자연스럽게 표현해보세요.

- 나는 내 가치를 실현하기 위한 자유를 중요하게 생각하는데, 그 자유를 느끼지 못하여 상심을 했다.
- 나는 사람들과 소통하고 공감하면서 에너지를 채우는 사람인데, 그런 상황이 없으니 혼란스러웠다.

나는

---

2. 비폭력 대화법-우리 자신과 연민으로 연결하기 문장으로 바꾸어보기

지금 자신을 시달리게 하는 즐겁지 않은 일들을 다시 돌아보고, 우리 자신과 연민으로 연결하기 문장을 만들어보세요. 그 행동 뒤에 중요한 가치가 발견하게 됩니다.

[~ 해야만 한다 → ~ 을 선택한다]

(예시) 즐겁지 않는 일, 나중에 하고 싶으나 지금 해야 될 일 : 나는 책을 써야만 한다.

→ 나는 꿈, 목표를 충족할 방법을 선택할 수 있는 자유를 위해 책 쓰는 것을 선택한다.

→ 나는 사람들과 소통, 공감, 연민을 느끼기 위해 책 쓰는 것을 선택한다.

※ (책을 쓰는 행동) 나의 꿈, 자유, 소통, 공감, 연민을 중요한 가치로 보는구나!

3. 상황에서 상대방의 욕구가 무엇이었을지 생각해 보기

최근에 자신이 들었던 말 중에 생각하는 대화가 있거나 타인에게 들어서 상처가 된 말이 있으면 적어보세요. 그리고 그 대화에서 상대방의 욕구가 무엇이었을지 한번 적어보시겠어요?

(예시 1) 남편: 여보, 오늘 뭐 했어? 애들 반찬이 별로 없잖아!

→ 남편 욕구: 아이들 건강이 걱정되는 마음, 말한 것을 아내가 이해해 줬으면 하는 마음, 아내가 반찬을 더 신경 써줬으면 하는 마음 - 건강, 이해, 배려

(예시 2) 친구: 너 대단하다. 그러고도 가만있었어? 뭐라고 하지 그랬어?

→ 친구 욕구: 자신의 말을 이해해 줄 거라는 마음, 상대방이 걱정되는 마음, 도움을 주고 싶은 마음 - 이해, 걱정, 도움

4. 마음날씨로 내 마음을 들여다보기

오늘 날씨가 어떻게 느껴지시나요? 오늘의 날씨와 나의 감정을 연결해서 표현해 보세요.

(예시 1) 새벽부터 1cm 안팎 눈, 낮에는 영상 기온

그래야 슬슬 일이 풀린 것 같지만, 사소하게 작은 일이라도 신경 써가며 진행하자!

(예시 2) 2월 중순이라 겨울 날씨지만 햇살이 있어 포근한 날씨

마치 굳어있는 내 마음에, 햇살을 내려줘 하늘이 돕고 있는 것 같다.

Part 3

* 프롤로그
* 너는 내 운명?!
* 우리는 대화가 잘되는 커플! 그건 나의 착각?!
* 우리의 찐- 대화는 지금부터!

당신의 마음이
궁금해

안민정

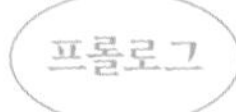

스물여덟, 나는 결혼을 하고 싶었다.

내 머릿속에 상상으로만 그려왔던 가정의 모습을 현실로 만들고 싶었다.

30-40 평수의 아파트, 키는 180cm 정도인 호감형 남편과 남매를 키우며 오순도순 사는 모습, 언젠가부터 내가 꿈꾸는 가정의 모습이었다.

연애한 지 1년 반, 남자친구는 여전히 학생으로 대학원 석사 과정 중이었다. 심지어 박사 과정에 진학하겠단다! 오 마이 갓!! 그러면 대체 언제 취업해서 졸업한단 말이지? 우리의 결혼은?!

남자 친구의 박사 과정 진학 소식을 들은 후, 내 머릿속은 복잡해졌다. 남자 친구도, 나도 사회생활 몇 년이면 자연스레 결혼 준비가 될 거라 생각했다. 그런데 취업이 아닌 박사 과정 진학이라니?! 과연 내가 꿈꾸던 결혼 생활은 실현 가능한가? 아무리 생각해도 내가 상상하고 그려왔던 미래에 지금의 남자 친구는 어울리지 않았다. 속절없이 시간만 흘렀다. 결정을 내려야 했다.

찬 공기에 코끝이 유난히 시린 날, 나는 남자 친구에게 이별을 통보했다. 준비해 간 말들이 제대로 나오지 않았다. 남자 친구는 만나기 전부터 이별을 직감했는지 묵묵히 듣고만 있었다. 눈물이 내 뺨을 타고 흘러내렸다. 담담하게 말할 수 있을 거라 생각했는데 오산이었다. 다시 생각해 볼 수 없냐는 남자 친구의 말에 난 고개를 저었다. 목이 메어 아무 말도 할 수 없었다. 어느새 남자 친구의 뺨에도 눈물이 흘러내렸다. 마음이 흔들렸다. 잘못 내뱉은 말이라고 하고 싶었다. 사실은 당신과 함께 내 미래를 꿈꾸고 싶다고 말하고 싶었다. 흔들리는 내 마음을 이야기하지 못한 채 우리는 헤어졌다.

남자 친구와 헤어진 뒤, 내가 꿈꾸는 가정에 어울리는 사람을 만나면 행복할 줄 알았다. 착각이었다. 나는 사랑하는 사람과 함께 우리만의 가정을 만들어가는 행복을 더 크게 느끼는 사람이었다. 남자 친구와 헤어지고 나서야 깨달았다. 다행히도 날 향한 남자 친구의 마음은 여전했기에 우린 헤어진 지 5개월 만에 다시 만났다.

비 온 뒤에 땅이 굳는다 했던가. 다시 만난 우리는 예전보다 관계가 단단해졌고, 결국 한 집에서 매일 아침 함께 눈을 뜨게 되었다.

결혼 후 아들을 낳았다. 소통에는 자신 있었던 나인데 아들과는 불통(不通)이었다. 방법을 알고 싶었고 나는 여러 방면으로 부모교육을 접하고 있었다. 그러던 중 마음에 확 와닿는 커리큘럼을 발견했다. '한국심리적성협회'의 부모교육코칭전문가 자격과정이었다. 배운 걸 적용하며 삶의 변화를 경험하니 활력이 돋고 자신감이 생겼다. 그중 실전 대화법(나-메시지, 공감 듣기, 무패 방법)은 아이뿐만 아니라 모든 사람에게 적용할 수 있는 대화법이었다. 처음에는 아이에게만 적용하던 대화법을 남편에게도 적용했다.

사실 실전 대화법을 배우기 전까지 나는 사람들과 소통을 잘하고 있다고 생각했다. 상대의 이야기에 귀 기울여 마음을 잘 헤아려 주고 있다고 자신했다. 특히 남편과는 대화가 끊이지 않았기에 그 어느 부부보다도 소통이 잘되고 있다 여겼다.

대화법을 배우지 못했더라면 지금도 착각 속에 겉만 번지르르한 대화를 나누고 있었을 것이다. 정작 상대의 마음과 원하는 바는 헤아려주지 못한 채 '공감 듣기'를 하는 '척'만 하는 나였을 것이다.

지금은 다르다. 나의 감정과 욕구를 표현할 줄 알고 상대방의 감정과 욕구를 궁금해하며 듣고 있다. 그랬더니 속 빈 강정 같았던 우리 부부의 대화에 알맹이가 알알이 채워졌다. 우리의 대화는 깊고 솔직하며 담백해졌다.

우리가 변화했던 과정을 여러분과 함께 나누어 '찐'대화를 하는데 보탬이 되길 바란다.

너는 내 운명?!

그대여, 우리 함께 춤을

'부르르~~'

문자메시지가 들어왔다. 내용이 궁금했지만 대학원 동기들과 스터디 중이라 확인할 수가 없었다. 쉬는 시간, 핸드폰을 열었다.

'민정아, 스윙댄스 동호회라는 게 있다는 데 같이 할래?'

내 눈을 사로잡는 단어는 '댄스'였다. 춤이라고? 순간 당황했다. 27년을 사는 동안 나와 전혀 상관없는 단어였다. 알 수 없는 강렬한 호기심이 일었다.

'응, 할래!'

이 한 마디가 내 인생을 180도 바꿔놓을지는 이때는 몰랐다.

강습 첫날, 사촌 언니와 나는 스윙댄스 동호회 모임 장소로 갔다. 허름하고 음침한 건물이다. '이런 곳에 춤추는 공간이 있다고?' 동호회 안내를 다시 살펴보니 지하로 내려가야 한단다. 언니와 손을 꼭 잡고 계단을 한 칸 한 칸 내려가는데 다리가 후들거린다. 이상한 나라의 앨리스처럼 낯선 미지의 세계로 들어가는 것 같다. 문 앞에 서서 언니와 나는 다짐했다. 들어가 보고 이상한(?) 분위기이면 당장 뛰어나오자고.

호흡을 가다듬고 문을 열었다.

'원~투~, 원~투~'

'파이브 식스~'

젊은 남녀가 둥그렇게 서있다. 을씨년스러운 계단과는 다르게 실내의 환한 조명을 보니 안심이 된다. 흘러나오는 음악도 없고 오로지 강사님의 또랑또랑한 목소리만 들릴 뿐이다. 스무 명 남짓의 성인 남녀는 강사님 커플의 몸짓을 뚫어지게 쳐다본다. 진지한 열기에 심호흡까지 하고 문을 열었던 우리의 비장함이 무색해졌다.

누군가의 도움으로 언니와 나는 둥그렇게 서있는 강습생들 사이에 나란히 섰다. 어색함을 느낄 틈도 없이 이젠 버벅거림의 연속이다. 오른쪽과 왼쪽이 이리도 헷갈리는 것이었나. 아님, 내가 방향치인 걸 여태껏 모르고 살았던 걸까. 차 운전은 좀 하건만 내 몸 운전은 이리도 어려운 일이란 말인가. 마음속에선 한탄만 계속되었다. 내 몸의 주인이 내가 아닌 거 같았다. 나는 이렇게 좌우 방향도 헷갈려 헤매고 있는데 로테이션이 되는 상대방들은 능숙하다 못해 나를 가르쳐주기까지 한다. 이 사람들도 스윙댄스를 처음 배우는 사람들일 텐데 어떻게 이렇게 잘하는 건지 궁금했다. 심지어 강사님이 말씀하시는 걸 메모까지 해가며 듣는 사람도 있었다. 도대체 무얼 받아 적는 거지? 그 모습이 너무 인상적이었다. 그러나 궁금한 것도 잠시, 스텝이 또 꼬였다. 아! 나는 과연 이 춤을 제대로 추긴 출 수 있는 걸까?!

정신없이 헤매던 사이 첫 강습이 끝났다. 강습생들과 함께 저녁 식사를 간단히 하고 다시 강습 장소로 왔다. 재즈가 흐르고 사람들이 춤을 추기 시작했다. 누군가가 내게 춤을 신청했고 나는 얼결에 플로어로 나가 춤을 추었다. 여전히 내 몸은 내 것이 아니었지만 음악에 맞춰 낯선 사람과 춤을 출 수 있는 상황이 신선했다. 그렇게 나의 첫 동호회 생활이 시작되었다.

나는 새로운 만남, 새로운 환경, 새로운 경험을 즐긴다. 그런 내게 첫 동호회 생활은 신기했고 충분히 매력적이었다. 하지만 그것도 잠시. 학습이라면 늘 두각을 나타냈던 나인데 춤에서는 열등생이 따로 없었다. 흥미가 점점 없어졌다. 게다가 일전에 심하게 다쳤던 오른쪽 발목도 아프기 시작했다.

핑계 삼아 동호회 생활을 그만둘까 말까 고민하던 찰나 그가 눈에 들어왔다. 처음엔 신기했다. 강습 때마다 누구보다 진지하게 메모하며 듣는 모습이 그저 신기하고 놀라웠다. 나는 강습을 계속 들어도 도통 무얼 기록해야 할지 모르겠는데 그는 매시간 수첩에 무언가를 적는다. 그리고 강습이 끝난 뒤에 춤도 열심히, 즐겁게 쉬지 않고 춘다. 여느 동호회원들처럼 앉아서 얘기를 나누지도 않는다. 그저 춤만 출 뿐이다. 춤을 정말 좋아하는 사람이구나 하는 생각이 들었다. 세상엔 저런 사람도 있구나 싶었다. 더 놀라운 건 이미 결혼도 한 거 같다고 사촌언니가 말했다. 나랑 나이도 비슷해 보이는데 결혼까지 했고 춤도 열심히 추다니 여간 신기한 사람이 아니었다. 거기까지였다. 나는 강습만 듣고 동호회를 그만둘 생각이었기 때문에 동호회원들과 친해질 생각이 없었다.

초급 강습 마지막 날 다 같이 영화를 보러 가자는 의견이 나왔다. 선약도 취소되어 기분 전환이 필요했다. 평소와 달리 동호회원들과 함께 시간을 보내기로 했다.

영화관으로 향하던 길에 사촌 언니가 어디론가 갔다 오더니 내가 평소에 신기해했던 그를 가리키며 말했다.

"민정아, 저 사람 결혼 안 했다더라. 인상 좋지? 어때?"

"그래? 결혼한 거 아녔어? 어쩐지~ 나이가 나랑 비슷해 보이던데 결혼 엄청 일찍 했다 싶었어."

언니 얘길 듣고 그 사람을 바라봤다. 언니가 그 사람에게 다가가 말을 건넸고 우린 인사를 나누었다. 영화관으로 가는 길에 이런저런 얘기를 나누었고, 자연스럽게 나란히 앉아 영화를 관람했다. 후에 들은 얘기지만 그 사람은 영화 보는 내내 화면이 눈에 들어오질 않았단다. 나도 사실 영화 보는 동안 그 사람이 신경 쓰였다. 그 사람이 긴장하고 있는 걸 알면서도 나는 태연하게 영화에 집중하는 척했을 뿐이다. 우리는 이미 서로에게 끌리고 있었다.

영화가 끝나고 그 사람이 내 핸드폰 번호를 물어볼 법도 한데 아무 말이 없었다. 외향적인 나는 평소 성격대로 먼저 물어보려다 또 기회가 있겠지 싶어 주차장으로 발걸음을 돌렸다. 아쉬운 마음이 한구석에 자리 잡았다.

월요일이 시작되고 일상으로 돌아왔다. 주말 동안 내 시선을 사로잡았던 그를 생각할 겨를도 없이 하루하루가 바쁘게 돌아갔다. 그러던 어느 날, 같은 학교 대학원에 재학 중인 동호회 오빠와 커피를 마시고 있었다. 오빠는 얘기를 나누던 중 그 사람도 같은 학교 대학원에 진학 중인데 함께 커피 한 잔 어떠냐며 전화를 걸어 보겠단다. 내심 반가웠다. 오빠는 핸드폰을 연구실에 두고 왔단다. 그에게 물어보지 않고 전화번호를 알 수 있는 기회다. 나는 오빠에게 핸드폰을 내밀었다. 그에게 전화를 걸었다. 심장이 두근거리는 소리가 귀에 들리는 듯하다. 모르는 번호라고 안 받으면 어쩌나 하는 걱정과 함께. 신호음이 한참을 울려대는 동안 저쪽에선 아무 응답이 없다. 내 마음속엔 실망감이 가득했지만 애써 괜찮은 척했다.

잠시 뒤, 핸드폰 진동이 울렸다. 그 사람이다. 나는 심호흡을 한 번 한 뒤 전화를 받았다. 수화기 저편에서 당연하다는 듯이 '노란아이님(동호회 닉네임)이시죠?'라고 묻는 그의 목소리가 들렸다. 모르는 번호였지만 왠지 나일 것 같았다는 그의 얘기를 듣는 순간, 지난날의 아쉬움은 가시고 기쁨이 차올랐다. 우리는 그날 저녁 첫 데이트를 했고 서로에 대한 호감을 확인했다. 이때까지만 해도 우리는 서로 기질이 얼마나 다른지 알지 못했다. 우리에게 갈등은 없을 것만 같았다.

우리는 대화가 잘되는 커플! 그건 나의 착각?!

그대여, 나를 바라봐줘요

같은 학교 대학원에 재학 중이던 우리는 종종 시간을 함께 보냈다. 서로가 궁금해 밤새 통화하는 날들도 많아졌다. 통화를 하다 보면 새벽 3~4시가 되기 일쑤였다. 많은 이야기를 나누다 보니 서로에 대한 마음은 깊어져 갔다. 우리의 본격적인 연애가 시작되었다.

연애한 지 1년 반쯤 되었을 때 내가 꿈꾸는 미래와 그가 꿈꾸는 미래가 다름을 알았다. 나는 그에게 이별을 고했고 우리는 헤어졌다. 운명처럼 다시 만난 우린 8년의 연애 끝에 결혼을 했다. 지금 현재 9년째 결혼생활 중이다.

외향적인 나는 여러 사람들과 대화 나누기를 좋아한다. 생각하고 느낀 것도 말로 잘 표현하는 편이다. 반면 내향적인 그 사람은 먼저 나서서 말을 건다거나 친밀함을 표현하는 법이 거의 없다. 여러 사람들보다 가까운 몇 사람과 대화 나누기를 편안해한다. 그리고 무엇보다 갈등 상황을 매우 불편해하며 자신이 원하는 바와 마음을 잘 표현하지 않는 편이다. 이런 성향 차이를 처음에는 몰랐다. 내 얘기를 일방적으로 듣고만 있는 게 아니라 그의 얘기도 들려주었기에 우리는 대화가 잘 통한다고 생각했다. 게다가 연애 초기에는 서로를 알아가는 과정이라 사실적인 정보만 주고받아도 얘깃거리가 풍성해진 거 같아 즐거웠다. 나는 우리가 대화 주제가 넘쳐나는 커플로 여겨져 소통에는 문제가 없을 거라 생각했다.

실제로 오랜 연애 기간과 결혼 생활 동안 우리는 끊임없이 대화를 나누었고 소리치며 싸운 적은 한 번도 없다. 나는 당연한 듯 시시콜콜한 나의 일과를 이야기했다. 아이를 낳기 전부터 육아에 관한 얘기도 나누었고, 아이를 낳고 난 후에도 나는 육아에 대해 나 혼자 결정하지 않고 늘 의논한 후 함께 결정했다. 육아에 대해 모른체하지 않고 늘 관심 가져주는 그에게 고마웠다. 그가 퇴근하고 오면 내 일과를 얘기하기 바빴고 잘 들어주는 그가 있어 기운이 났다. 내가 고민이 있을 때면 그는 예리한 분석력으로 속 시원한 해결책을 제시해주기도 했다.

특히 그의 관심사에 관한 이야기를 나누는 날이면 신이 나서 얘기했다. 이런 모습을 보고 있자면 기분이 좋아졌다. 그와 다양한 이야기를 나누고 싶었다. 시시콜콜한 회사 얘기도 듣고 싶었지만 늘 별일 없다는 말뿐이었다. 어떤 날은 그의 표정에서 속상한 일이 있음을 감지할 수 있었다. 나는 그 표정을 보고 그냥 지나칠 수 없었다. 무슨 일이 있냐고 물었다. 내가 고민을 털어놓듯 그도 나에게 고민을 말해주길 바랐다. 공감해주고 도와줄 준비도 되어있었다.

나 : 표정이 안 좋은데 무슨 일 있어요?

그 : 아무 일 없는데요?

나 : 정말? 무슨 일 있었던 거 같은데. 정말 아무 일 없었어요?

그 : 정말 별일 없었어요.

둘 사이에 흐르는 공기가 냉랭해짐을 느꼈다. 나는 확신이 들었다. 그에게 무슨 일이 있구나. 해결해주고 싶었다. 속상한 마음을 어루만져주고 싶었다. 그가 말하고 싶지 않을 거라는 생각은 하지 못했다. 그의 속상함을 나에게 전달하고 싶지 않을 거란 생각은 하지 못했다. 알고 싶은 나의 욕구에만 사로잡혀 그를 괴롭혔다.

연애 때도 비슷한 경우가 종종 있었다. 아무 일 없었다는 그의 대답을 들어도 그의 표정을 보고 있으면 믿기지 않았다. 함께 얘기 나누며 속상했던 마음을 풀었으면 좋겠는데 그건 나의 바람일 뿐이었다. 그는 그저 굳게 입을 다물고 하던 일에만 집중했다. 나는 분위기를 전환하고 싶어 애써 재밌는 척 이런저런 얘기를 이어갔다. 그는 별다른 호응도 하지 않고 자기만의 생각에 빠져 있었다. 나는 다시 묻곤 했다.

"정말 아무 일 없었어요? 아무리 봐도 기분이 안 좋은 거 같은데요?"

내 말투에 속상함이 묻어나기 시작했다. 이제는 그의 생각이, 마음이 궁금하기보다 내 속상한 마음을 풀고 싶은 생각이 커졌다. 하지만 내 속상한 마음을 솔직하게 표현하기보다는 그에게 무슨 일이 있었는지 취조하는 형사가 되어 갔다. 진실을 꼭 알아내고야 말겠다는 태도로 캐묻듯이 질문을 했다. 그는 마지못해 대답하기 시작했고 이야기를 하다 보면 그의 기분을 상하게 했던 사건에 대해 확인할 수 있었다(이 또한 나의 판단이자 착각이었을 수 있음을 이제는 안다). 그때에야 비로소 나는 물음을 멈추었다. 동시에 역시 내 추측이 맞았지 않았냐며 기분 나쁜 일이 있으면 표정으로만 나타내지 말고 말로 표현해달라고 했다. 정작 그는 들추고 싶지 않은 일을 들춰내어 기분만 더 상했을 수도 있는데 나는 알지 못했다.

나는 상대에 대해 궁금해하고, 알고 싶어 하는 게 연인, 반려자의 태도라 생각했다. 나의 궁금함이, 상대의 모든 걸 공유하고 싶어 하는 내 욕구가 상대를 힘들게 할 거라는 생각은 미처 하지 못했다. 나는 상대의 마음을 알아주기보다는 무슨 일이 있었는지 알아내는 내 욕구가 우선이었다. 정작 그의 욕구와 마음은 헤아려 주지 못했으면서 나는 그와 소통하고 있다는 착각에 빠져 있었다.

솔직히 마음 한 편에는 우리만큼 소통 잘되는 부부는 없을 거라는 자부심도 있었다. 갈등을 너무 싫어하는 그가 종종 일방적으로 참고 넘어가 주는 건 모르고 난 대단한 착각에 빠져 있었다. 사실 우리의 대화 후에 마음 한 편에서 개운치 못한 무언가가 감지될 때가 있었다. 그때 그걸 지나치지 말고 좀 더 살펴봤더라면 그 착각에서 좀 더 빨리 빠져나올 수 있었을까. 그때 그걸 외면하지 않았더라면 그 사람을 덜 힘들게 했을까. 그런 후회가 되곤 한다. 그저 표면적으로 별일 없는 우리였기에, 그가 크게 불편한 내색을 하지 않았기에, 내 질문에 결국은 대답해주었기에 내가 편한 방향으로 생각하고 대화를 마무리했다. 지금 생각해 보면 그는 그 나름대로 불편함을 최대한 표현하고 있었을 수도 있는데 내 기준으로 상대를 섣불리 판단해 버리고 단정 지어 버렸다. 결국은 내 좋을 대로 생각하는 합리화로 상대를 괴롭게 했다.

공감 듣기 하는 '척'만 했을 뿐, 결국 나는 내가 하고 싶은 말들만 하기 바빴다. 그의 욕구와 마음은 헤아려주지 않고 제대로 된 소통은 이루어지지 않고 있었다. 속 빈 강정 같은 대화였달까. 그 빈껍데기 같았던 대화에 알맹이가 알알이 채워지기 시작했던 건 '공감 듣기'와 '나-메시지'를 알고 나서부터였다.

우리의 찐- 대화는 지금부터!

그대와 함께라면

"띠띠띠~ 띠리리릭~"

나 : 짱짱아(가명, 아들), 아빠 오셨네~! (여느 때처럼 현관으로 마중을 나간다.)

나 & 짱짱이 : (익살스럽게) 안녕히 다녀오셨습니까~~

그 : (처진 목소리로) 왔어요.

그의 모습이 평소와 다르다. 많이 지쳐 보인다.

나 : (경쾌한 목소리로) 씻고 와요. 저녁 차릴게요.

그 : (기운 없는 목소리로) 알았어요.

그가 힘없는 발걸음으로 욕실로 향한다. '무슨 일이 있었던 걸까?' 그에게 어떤 일이 있었는지 알고 싶어진다. 나의 욕구가 올라온다.

세 식구가 한자리에 앉아 식사를 시작했다. 그의 표정은 여전히 어둡고 목소리는 많이 지쳐 있다. 나는 조심스러우면서도 가볍게 묻는다.

나 : 여보, 오늘 무슨 일 있었어요? 많이 지쳐 보이네요.

그 : 안 지쳤는데. 괜찮은데요?

나 : 아, 그래요? (가볍게 미소 지으며) 알았어요.

나는 더 캐묻지 않고 화제를 전환했다. 짱짱이와 나의 이야기를 들어주는 그를 관찰했다. 허기졌던 배가 채워져서일까, 사랑스러운 아들의 이야기를 들어서일까, 아내의 시시콜콜한 얘기가 재밌었을까. 굳어 있던 그의 표정이 부드러워졌으며 처져 있던 목소리가 한결 밝아졌다. 그래도 나는 묻지 않았다. 그저 곁에서 내 할 일을 하며 가만히 기다렸다.

짱짱이를 재우고 나서 거실로 나와 저녁 식사 시간에 못다 한 이야기를 나누었다. 그가 기운 없어 보였던 이유를 알고 싶어졌지만 묻지 않고 나의 이야기를 이어나갔다. 간간이 대답은 해주었지만 대부분 듣기만 하고 있던 그가 갑자기 이야기를 꺼낸다.

그 : 오늘 회사에서 실험이 있었어요.

나 : 아, 그래요? 중요한 실험이었어요?

그 : 네, 중요한 실험이었어요. 그런데 원하는 대로 실험이 안됐어요.

나 : 실험이 원하는 대로 안돼서 속상하겠어요.

그 : 그렇죠. 좀 속상하네요. 걱정도 되고.

나 : 아, 걱정되는 이유가 있어요?

그 : 다시 하기 힘든 실험이거든요.
(한결 가벼워진 표정으로) 그런데 방법이 있겠죠.

나 : (웃으며) 그래요, 방법이 있을 거예요.
사실 무슨 일이 있는지 걱정했는데 얘기해주어 고마운 마음이 들어요.

우리의 대화는 이어졌다. 이제 그는 더 이상 듣고만 있지 않는다. 주거니 받거니 하며 우리는 여느 때처럼 활발하게 이야기를 나눈다.

예전의 나였다면 그의 표정을 보자마자 무슨 일이 있었는지 묻기 시작했을 것이다. 그는 말하고 싶지 않아 해도 나는 멈추지 않고 캐물었을 것이다. 불편한 그의 마음은 헤아려 주지 못하고 서운한 내 마음만 알아주기를 바랐을 것이다.

지금은 다르다. 알고 싶어도 성급히 묻지 않고 멈출 줄 안다. 그가 말하고 싶을 때까지 기다린다. 이렇게 할 수 있는 첫 번째 요인은 바로 '관찰'이다. 나의 판단을 중지하고, 내 기준으로 섣부른 평가를 하지 않고 그를 바라본다. 무슨 일이 있었는지 알고 싶은 단순한 호기심이 아닌 그의 감정과 욕구가 무엇인지 궁금하다.

그가 굳게 다문 입을 열고 말하기 시작하면 나는 가만히 들어준다. 섣부른 조언도, 평가도 하지 않고 그의 마음과 원하는 바를 헤아려주려 할 뿐이다. 우리의 대화는 길어질 때도 있고 빨리 매듭지어질 때도 있다. 길면 긴 대로, 짧으면 짧은 대로 우리의 대화는 깊고 솔직하며 담백하다.

예전의 냉랭함이나 알 수 없는 긴장감은 거의 찾아볼 수가 없다. 일순간 냉랭한 기운이 돈다 해도 이제는 외면하지 않고 '나-메시지'를 이용해 내 감정과 욕구를 솔직하게 얘기한다. 그리고 그의 감정과 원하는 바가 무엇인지 궁금해하며 들어주니 그도 변하기 시작했다. 내가 묻지 않아도 그가 자신의 감정과 욕구를 먼저 얘기하는 날들이 늘어났다.

우리의 '찐'대화가 시작되었다.

Part 4

* 프롤로그
* 그대여, 인생이란 춤을 함께 춰요
* 시골 소년이 화목한 가정을 꿈꾸다
* 세상에서 제일 대화가 잘 통하는 우리 부부
* 돈상이몽?!
* 싸움까지 통(通)하는 부부
* 오늘의 저녁 메뉴는 욕구 비빔밥!!

남편도 성장이 필요하다

장성진

프롤로그

학교 공부를 마치고 밖을 나오니 차가운 바람이 뼛속까지 스며든다. 하늘에는 먹구름이 자욱하게 끼어 있고, 먹구름 사이로 달빛이 새어 나온다. 달빛 사이로 내게 걸어오는 여자 친구의 모습이 보인다. 얼굴에 표정이 없다. '우리 커피 한잔할까?' 말이 끝나기가 무섭게 뒤돌아 걸어간다. 추운 날씨에도 불구하고 등골에 식은땀이 흐른다. 죄지은 사람처럼 여자 친구를 따라간다. 여자 친구의 뒷모습이 싸늘하다. 왜 화가 났을까? 내가 잘못한 게 있나? 머리가 복잡하다. 아무리 생각해도 이유를 찾을 수가 없다.

카페 입구의 따뜻한 조명들이 손님들의 발걸음을 사로잡는다. 조명을 바라보는 사람들이 행복해 보인다. 왜일까? 나의 눈엔 조명이 슬퍼 보인다. 카페의 따뜻한 히터 바람마저 에어컨 바람처럼 느껴진다. 추위를 잊기 위해 자리에 앉아 뜨거운 커피를 입으로 가져간다. '우리 헤어지자.' 여자 친구의 말에 손이 떨려 온다. 커피를 흘릴 것만 같아 조용히 잔을 테이블에 내려둔다. 여자 친구와 있었던 일들이 주마등처럼 스쳐 지나간다. 여자 친구는 헤어져야하는 이유를 조목조목 말하는데 전혀 들리지 않는다.

여자 친구에게 이별 통보를 받고, 집에 돌아왔다. 현관 앞에 한참을 서 있었다. 씻을 힘도 없었다. 이불속에 몸을 뉘었다. 불도 켜지 않았다. 눈물이 귀 뒤쪽으로 흘러내린다. 눈물이 멈추지 않는다. 심장은 찢어질 듯 아프다. 소중한 사람을 잃었을 때 왜 가슴을 부여잡는지 알 것 같았다. 며칠을 폐인처럼 지냈다. 이별을 통보받은 여느 연인들처럼 헤어진 이유를 하나하나 곱씹어 보았다. 놀랍게도 나의 일상은 여자 친구였다. 모든 걸 함께하고 싶은 나 때문에 여자 친구는 갑갑했으리라. 여자 친구는 자신만의 시간이 필요한 사람이었다. 연애할 때는 미처 몰랐다. 여자 친구는 날 사랑했기에 잘 맞춰 줬으니까. 사실을 깨닫고 나니 이대로 끝낼 수 없었다. 다시 만나고 싶었다. 이제는 내가 여자 친구에게 맞추기로 마음먹었다. 어떻게 해야 할까? 고민 끝에 우리에게 필요한 것은 '거리두기'라는 결론을 도출하였다.

외로움을 참지 못하는 나에게 '거리두기'는 힘든 일이었다. 아무리 힘이 들어도 여자 친구를 다시 만날 수만 있다면 이를 악물고 노력해야만 했다. 헤어진 후에도 여자 친구에게 5개월간 연락을 이어가며, 내가 '거리두기' 연습을 하고 있다는 것을 인지시켰다. 5개월 후 그녀에게 다시 사귀자고 이야기했고, 지금은 한집에서 생활하고 있다.

아내와 결혼을 하고 우리에게 천사가 찾아왔다. 아이에 대해 잘 몰랐던 우리 부부는 화목한 가정을 이루기 위해 '한국심리적성협회'에서 진행하는 '부모교육코칭전문가 자격과정'의 자격증을 취득했다. 이 과정을 통하여 우리는 나-메시지, 적극적 듣기, 무패방법과 같은 대화법을 알게 되었다. 이 대화법은 나의 감정과 욕구를 이야기하고, 대화 상대의 감정과 욕구를 궁금해하고 이해하는 것이다. 대화법을 활용할수록 아이를 더 이해하게 되었으며, 부부관계도 더 좋아졌다.

나는 대화법을 배우기 전에는 나의 감정과 욕구를 이야기하지 않는 사람이었다. 나의 감정과 욕구를 이야기하기 위해서는 나의 내면을 들여다보아야만 했다. 나를 알아가는 시간을 통해 나는 조금씩 변해갔다. 내가 변해서일까? 아내와 아이도 달라지는 모습이 보였다. 사람들에게 자신의 변화로 인하여 가족이 변할 수 있다는 것을 알리고 싶었다. 마침 책을 쓸 기회가 찾아왔다. 이 책에 우리 가족 이야기를 담았다. 대화법을 배우기 전과 후에 갈등 상황에서 가족의 반응이 어떻게 바뀌는지 궁금할 것이다. 우리 가족의 사례를 통하여 여러분들의 궁금증이 조금이나마 해소되길 바란다.

그대여,
인생이란 춤을 함께 춰요

그녀와 춤을

여자가 남자의 어깨에 머리를 기댄 채 잔디밭을 바라보며 음악을 듣고 있다. 남자가 여자에게 춤을 신청하고 여자는 남자의 발등에 발을 올린다. 리듬에 몸을 맡긴 채 서로 눈을 바라보며 웃고 있다. 스무 살 무렵 나도 모르게 누워서 TV를 보다가 바르게 앉았다. 둘이 춤을 잘 추는 것은 아니었지만 나의 가슴은 마구 요동치고 있었다. 나는 눈을 감고 상상해 보았다. 미래의 아내와 춤추는 모습이 그려졌다. 상상해보는 것만으로도 설렜다. 이때부터 아내와 같이 춤을 추며 인생을 즐기는 것이 나의 꿈이 되었다. 꿈을 이루기 위해 대학교 2학년이던 나는 커플댄스를 배우기 시작했다. 처음에는 미래의 아내와 춤을 추겠다는 일념으로 춤을 시작했다. 이게 웬걸. 춤이 너무 재미있었다. 춤을 출 때의 희열에 매료되었다. 미래의 아내와 춤을 추겠다는 꿈은 나의 머릿속에서 사라져 갔다.

춤을 시작하고 3년이 흘렀을 무렵, 다른 동호회의 유명 강사가 내가 소속되어있는 동호회에서 초급 강습을 진행하기로 했다. 나는 수업을 듣고 싶어 동호회 운영진에게 강습신청을 했지만, 기존 회원은 신청이 안 된다는 통보를 받았다. 운영진과 논의 끝에 내가 다음 기수 강습을 하는 조건으로 강습을 들을 수 있게 되었다. 이 수업이 나의 인생을 바꿔 놓을지 이때는 몰랐다.

마지막 강습이 끝난 뒤, 여느 때처럼 자리에 앉아 있었다. 한 여성이 나에게 다가왔다.

여성1 : 결혼하셨죠?

나 : (당황해서 손사래를 치며) 아니요.

지인들 : (당시 나는 동호회에서 노안으로 유명했다.) 노안~ 노안~ 하더니 이제 결혼했다는 말까지 듣는 거야? 하하하~~~

여성1 : 결혼 안하셨어요? 다행이다. 제 사촌 동생이 있는데 소개해 드릴까요?

나 : 예????

여성1 : (어떤 여성을 손으로 가리키며) 저기 있는 애예요.

여성2 : (여성2가 다가오며) 안녕하세요.

나 : 아… 아… 안녕하세요.(나에게 처음 있는 일이다. 어떻게 해야 할지 몰라 당혹스럽다.)

강사 : (강사의 말 한마디에 어색함이 깨졌다.) 자, 자. 오늘 마지막 강습인데 단체 영화 보러 갑시다.

강습생들 : 예~~~.

영화관으로 걸어가면서 여성과 자연스럽게 대화를 나누었다. 내성적인 나는 평소에 처음 만나는 사람과 대화를 잘 나누지 못하는 편이었다. 그런데 이날은 이상하게도 대화가 술술 이어졌다. 낯선 그녀와의 대화가 즐거웠다. 우리는 당연하다는 듯 옆자리에 앉아 영화를 관람했다. 영화가 끝나고 연락처를 받고 싶었지만 용기가 나지 않았다. 아쉬움을 남긴 채 발길을 돌렸다.

며칠이 지났을까? 모르는 번호로 연락이 왔다. 순간 그녀라는 생각이 들었다. 그녀였다. 우리는 그날 저녁 첫 데이트를 했다. 이후 우리는 연인이 되었고 서로의 반쪽이 되었다. 아내는 이날 강습을 마지막으로 동호회 활동을 그만둘 생각이었다고 했다. 내가 강습을 듣지 않았더라면, 여자 친구의 사촌 언니가 나에게 말을 걸지 않았더라면, 영화를 보자는 강사의 제안이 없었더라면, 아내가 나에게 연락하지 않았더라면 우리는 부부가 되지 않았을 것이다. 순간, 순간의 우연이 모여 우리를 하나로 이어준 것이다.

나는 동호회 활동 전에는 다수의 사람과 관계를 맺는 것에 서툴렀다. 그나마 동호회 활동을 하면서 많은 사람이 모이는 자리가 익숙해졌고, 관계를 맺는 방법도 배워가는 중이었다. 동호회 활동을 할 때에도 내가 먼저 다가가 대화를 하는 경우는 거의 없었다. 누군가 나에게 다가오지 않으면 내 주위에는 사람이 없었다. 나와 달리 아내는 처음 만나는 사람들이 친해지고 싶어 하는 매력적인 사람이었다. 아내를 만나면서 관계를 시작하는 방법을 배웠고 사람들과의 관계가 부담스럽지 않게 되었다. 나는 내성적인 성향에서 외향적인 성향으로 변화해 갔다. 이런 변화는 사회 활동을 하는 데 많은 도움이 되었다.

아내와 결혼하기 전에 정한 것이 있다. 싸우게 되면 화해의 춤을 한 곡 추기로 했다. 춤을 추면서 서로를 이해할 시간을 가지자는 둘만의 약속이었다. 결혼 이후 투닥거리긴 했지만 화해의 춤을 출 만큼 크게 싸운 적은 없었다. 싸우지 않아도 우리 부부는 휴일에 간혹 춤을 춘다. 아내와 추는 춤은 직장에서 방전된 행복 에너지를 충전시켜주는 사랑의 배터리다. 아내를 만나 나는 꿈을 이룬 것이다.

시골 소년이 화목한 가정을 꿈꾸다

화목한 우리 가족

산속에 얼어있던 시냇물이 녹아내리기 시작한다. 개구리가 땅속에서 뛰어나온다. 나는 고무신을 벗어던지고 시냇가로 뛰어든다. 이모는 그늘진 나무 밑에서 웃는 얼굴로 나를 바라보고, 할머니는 염소를 몰고 산으로 향하신다. 나의 어린 시절은 하루하루가 탐험이었고, 여행이었다. 행복한 유년 시절이었다. 행복한 일상 속에서 문득문득 떠오르는 사람이 있었다. 바로 부모님이었다. 자영업으로 나를 돌볼 여유가 없었던 부모님은 나를 외가에 맡기셨다. 어린 나는 부모님과 같이 사는 날을 꿈 꿨다.

어린 시절의 기억 때문인지 나는 스무 살이 되던 해 인생의 목표를 '화목한 가정'으로 정했다. 막연한 목표였기 때문에 화목한 가정을 만들기 위해 어떤 준비를 해야 할지 몰랐다. 방법을 찾기 시작했다. 텔레비전을 보던 중 내가 생각하던 화목한 가정의 장면이 나오고 있었다. 그 장면의 주인공이 되고 싶었다. 우선 텔레비전을 보다가 화목한 가정의 모습이라 생각되는 장면이 나오면 메모를 해두었다. 내가 기록한 내용은 아래와 같다.

- 아내와 장모님은 음식을 하고 나는 장인어른과 바둑을 두면 아이들이 주위를 뛰어다니는 장면
- 비 오는 날 느린 음악을 들으며 아내와 집에서 춤을 추는 장면
- 부모와 아이가 같이 요리를 하고 맛있게 요리를 먹는 장면
- 가족이 함께 여행하는 장면
- 온 가족이 같이 게임을 하거나 운동을 하는 장면 등

나는 준비가 철저한 사람이다. 내가 그리는 화목한 가정을 위해 바둑을 배웠고, 춤을 추기 시작했다. 지금 와서 생각해 보면 상상하는 장면을 메모하고, 현실이 되도록 준비했던 것이 '화목

한 가정'을 이루는 데 상당한 도움이 되었다. 장면을 상상하는 것만으로는 뭔가 부족했다. 감정이 빠져있었다. 표면적으로 보이는 화목한 가정이 아닌 '진짜 화목한 가정'을 이루고 싶었다. 이후 '웃음이 끊이지 않는 화목한 가정'이 내 목표가 되었다.

20대 중반 무렵, 여자 친구와 가족에 대한 이야기를 나누다 의문이 들었다. 가족 간에 대화를 전혀 하지 않지만 TV를 보면서 웃고 있으면 화목한 걸까? 어두운 표정으로 진지하게 고민거리에 대해 대화를 나누고 있으면 화목하지 않은 걸까? 내가 생각하는 화목의 기준은 지나치게 단순했다.

여자 친구를 만난 뒤 매일 밤늦게까지 통화를 하면서 서로를 알기 위해 대화를 많이 했다. 대화를 통해 우리는 서로에 대해 많은 것을 공유했다. 유대가 점점 깊어지는 걸 느꼈다. 어느 날, 대화가 화목한 가정을 만드는 비결이라는 생각이 들었다. 화목한 가정에 대한 해답을 찾은 기분이었다. 여자 친구와 결혼하고 싶었다. 여자 친구와 웃음과 대화가 끊이지 않는 화목한 가정을 만들고 싶었다.

혼자만의 생각이었다. 연애에 큰 위기가 찾아왔다. 나는 내가 그러하듯 여자 친구도 대부분 시간을 우리에게 할애하길 원했다. 이런 점 때문에 여자 친구는 갑갑해 했는데, 나는 눈치를 채지 못했다. 참다못한 여자 친구는 이별 통보를 했다. 하늘이 무너져 내렸다. 바로잡고 싶었다. 내 인생에서 여자 친구가 빠지니

일상이 무너졌다. 나의 모든 시간이 여자 친구에게 맞춰져 있었기 때문이었다. 여자 친구는 외향적인 성향이라 다양한 사람들을 만나길 원했다. 그런데 나를 만나느라 그러지 못했다는 걸 깨달았다. 여자 친구 입장에서는 부담스러울 수밖에 없는 상황이었다. 여자 친구를 다시 만나기 위해 나는 독립적인 인간이 되고자 노력했다.

노력의 결과 아내와 다시 만나게 되었다. 재결합 후 우선 여자 친구의 사생활을 존중해주려 노력했다. 내가 시간이 나는 날, 만나고 싶더라도 여자 친구가 약속이 있으면 연락하지 않으려 애썼다. 여자 친구는 내가 실험이 있는 날이면 언제 끝날지 모르는 나의 실험 때문에 밖에서 하염없이 기다리는 날들이 많았기에 실험이 있는 날에는 여자 친구와 약속을 잡지 않았다. 당연한 일이지만 시간의 양이 관계의 질을 보장한다는 생각을 가진 나로서는 어려웠다. 아무리 어려운 일이라도 노력을 이길 수는 없었다. 여자 친구와 헤어진 후 서로를 존중하지 않는 '밀착'은 관계를 망치는 지름길이라는 사실을 체험했기 때문에 가능한 변화였다.

이제 내가 생각하는 '화목한 가정'은 '서로의 감정과 욕구를 존중하고, 가족 구성원이 가까우면서도 분리된 자신만의 생활을 영위하는 가정'이다. 보통 어떤 목표를 이루기 위해서는 준비하는 과정이 필요하다. '화목한 가정'도 마찬가지다. 대부분 이점을 간과하고 있다. 가정을 꾸린다고 바로 행복이 시작되진 않는다.

준비하고 노력해야 한다. 자신이 생각하는 '화목한 가정'을 상상해보라. 필요한 부분들이 떠오른다면 준비해보자. 내 경험으로 미루어 보았을 때, 준비는 행복한 가정을 이루는 데 큰 도움이 된다. 그건 확실하다.

세상에서 제일 대화가 잘 통하는 우리 부부

부부의 대화

나는 아내와 같이하는 일상이 좋았다. 그래서 아이 없이 둘만의 인생을 사는 것도 즐거울 거 같았다. 아내는 나의 의견에 동의했고, 우리는 둘이 같이 같은 곳을 바라보며 늙어가기로 약속했다. 결혼 생활을 한 지 6개월 지났을 무렵 아내가 '여보, 우리를 닮은 아이를 갖고 싶어요.'라는 말을 나에게 건넸다. 나와의 약속 때문에 그동안 말하지 못했던 아내의 고민이 느껴져 미안했고, 마음이 아팠다. 아내가 아이를 원하면 낳을 의향도 있었기에 망설임 없이 그러자고 했다. 어쩌면 나는 아내의 이 말을 기다리고 있었는지도 모르겠다. 그렇게 천사(이하 짱짱이)가 찾아왔다. 그렇게 우리 가족은 둘에서 셋이 되었다.

셋이 된 후 우리 가족에게 위기가 찾아왔다. 우리 부부는 아이를 어떻게 대해야 할지 몰랐다. 아이를 키울 준비가 돼 있지 않았다. 엎친 데 덮친 격으로 아이가 태어나고 회사 일도 많아졌다. 2년간 회사가 바빠 나는 제대로 육아에 참여하지 못했다. 육아를 도와줄 사람도 주위에 없었다. 홀로 아이를 돌보던 아내는 고군분투하며, 육아 관련 공부를 시작했다. 나는 아내가 씩씩하게 잘하고 있다고 생각했다. 나의 착각이었다. 아내는 아무도 없는 방에서 남몰래 눈물을 삼켰다고 한다. 무심하게도 나는 아내의 감정을 알아차리지 못했다. 그때를 생각하면 아직도 마음이 무겁다.

아내는 다양한 정보를 습득하기 위해 책, TV, 유튜브 등을 활용했다. 단편적인 지식일 뿐이었다. 아내에겐 지식의 통합이 필요했다. 그러던 중 '한국심리적성협회'에서 진행하는 '부모교육코칭전문가 자격과정'을 알게 되었고, 아내는 교육을 듣기 시작했다. 교육을 듣기 전만 하더라도 아내와 육아 관련 이야기를 많이 나누었다. 시간이 지나갈수록 아내의 육아 지식은 깊어졌고, 아내와 이야기를 할 때 나는 대화 상대가 아닌 청자가 되어가고 있었다.

아내가 본격적으로 육아 공부를 시작한 지 1년이 지났을 무렵 아내는 나에게 '부모교육코칭전문가 자격과정'을 이수하길 권유했다. 나는 새로운 것에 도전하기보다 익숙한 것을 계속할 때 마음이 편한 사람이다. 살면서 한 번도 공부해보지 않았던 분야였다. 잘 따라갈 수 있을지 걱정부터 앞섰다. 선뜻하겠다는 말이 나오지 않았다. 고민이 깊어졌다. 내 인생의 목표 '화목한 가정'이 떠올랐다. 아내와의 대화에서 청자가 아닌 대화 상대가 되어야겠다는 생각이 머릿속을 스치고 지나갔다. 아내에 대해 더 알고 싶었다. 결국 '부모교육코칭전문가 자격과정'을 듣기로 했다.

이 과정을 듣고 나뿐만 아니라 우리 가족에게도 많은 변화가 일어났다. 수업에서 배운 대화법을 부부가 같이 사용하니 아이가 빠르게 변하는 모습이 보였다. 아이와의 거리도 한결 가까워졌다. 교육을 받기 전, 일방적으로 듣기만 했던 나는 아내와 깊이 있는 대화를 나누게 되었다. 대화의 질이 높아지면서 같이하는 시간이 충만해졌다. 대화의 시간이 풍요로워질수록 부부 관계도 깊어졌다. 우연한 선택이 우리 가족에게 큰 변화를 가져온 것이다.

부부 관계가 좋아지고 싶다면 서로를 알아가는 방법을 찾아보기 바란다. 아이가 있다면 아이의 육아 방법에 대해 같이 공부하거나, 아이를 어떻게 키울 것인가에 대한 이야기를 많이 나누면 부부 관계에 도움이 된다. 배우자의 취미가 있다면 같이하는 것도 좋은 방법이다. 서로 같은 곳을 바라보는 것만큼 서로를 잘 이해하는 방법은 없을 것이다.

돈상이몽?!

아내와 함께

삶에서 돈은 중요하다. 돈이 없다고 무조건 인생이 불행한 건 아니다. 여러모로 불편한 상황이 발생할 뿐. 때로는 비참하기까지 하다. 보통의 사람들이 돈을 버는 이유다.

어떤 이는 돈을 물건을 사기 위한 도구로, 어떤 사람은 행복의 기준으로, 그리고 누군가는 자신의 미래를 준비하는 수단으로 생각한다. 이렇듯 돈을 대하는 태도는 사람마다 가지각색이다. 부부가 돈을 바라보는 관점이 같다면 좋겠지만 그러긴 쉽지 않다. 왜냐하면 사람마다 중요함의 기준과 우선순위가 다르고, 필요한 물건이 다르기 때문이다. 예를 들어 옷을 구입하기 위해 매장에 들렀다고 생각해보자. 아내는 비싸더라도 고품질의 옷을 구입하길 원한다. 비싸다고 생각되는 남편은 가성비가 좋은 옷을 구입하자고 한다. 서로의 의견이 달라 웃으며 시작한 쇼핑은 결국 찌푸린 얼굴로 끝난다. 물건을 구입하는 다른 태도로 인하여 갈등이 발생한 것이다.

우리 부부도 돈을 대하는 태도에 차이가 있다. 내가 보기에 불필요한 물건 혹은 비싸다고 생각하는 물건을 아내는 종종 구입한다. 아내가 돈을 헤프게 사용한다는 뜻은 아니다. 단지 아내가 살림에 필요한 물건과 아이의 물건을 주로 구입하다 보니 나에 비해 상대적으로 필요한 물건이 많고, 건강을 위해 고가의 제품을 구입하는 경우가 간혹 있을 뿐이다.

나는 불안이 높은 사람이다. 길을 걸을 때 '발목을 삐면 어쩌지?'라는 생각을 할 정도다. 현재에 대한 불안은 미래에 대한 불안으로 이어진다. 불투명한 미래를 생각하다 보면 자연스럽게 돈을 아껴야 된다는 결론을 얻게 된다. 어떨 때는 아내가 구입한 물건들을 보면서 '이런 물건이 필요한가?'라는 생각이 든다. 불안이라는 녀석이 나의 마음속에 자리 잡아 영혼을 갉아먹는다.

아내와 가정경제에 대한 이야기를 나눌 때가 온 것이다. 독자 여러분들은 이런 상황에 어떻게 대화를 풀어갈 것인가? 우리 부부의 대화 내용을 공유하고자 한다. 이해를 돕기 위해 '적극적 듣기'와 '나-메시지'를 배우기 전과 후의 대화를 수록하였다. 대화의 흐름이 어떻게 바뀌었는지 참고하길 바란다.

아래의 대화는 적극적 듣기와 나-메시지를 알기 전 상황이다.

한 달에 사용하는 생활비가 조금씩 증가하고 있다. 나는 점점 불안해졌다. 말을 섣불리 꺼내지 못하고 한동안 망설였다. 한정된 월급으로 아내가 빠듯하게 살아가고 있다는 걸 잘 알기 때문이다. 불안이 걷잡을 수 없을 만큼 커지면서 대화를 시도했다.

나 : 여보, 우리 한 달에 생활비로 많은 비용이 지출되는 거 같아요.

아내 : 그렇죠…. (아내의 표정이 어두워진다.)

나 : (아내의 표정이 신경 쓰이지만) 좀 줄였으면 좋겠어요. 생활비가 한 달 월급을 넘어가 버려서 저축해둔 돈이 점점 줄어들고 있어요.

아내 : (한숨을 쉬며) 알고 있어요. 그런데 필요한 물건을 안 살 수는 없잖아요. 먹고 입고 하는 것은 사야 하고 집에 필요한 물건도 사야 하니까 어쩔 수 없어요.

나 : 어떻게 하는 게 좋겠어요?

아내 : (마지못해) 줄여 볼게요.

크게 언성은 높이지 않았지만 대화가 이어지지 않았다. 공기는 점점 차가워져 갔다. 서로의 의견은 전달됐다. 그뿐이었다. 아내는 '어떻게 하란 말이야?', 나는 '어떻게 줄이겠다는 거지?'라는 의문을 가진 채 대화가 마무리되었다. 서로를 이해하지 못했다. 서로의 마음 깊숙한 곳에 불편함만 자리 잡았다. 어떻게 대화를 풀어갈지 몰랐다. 그날 저녁은 더 이상의 대화를 하지 않았다.

'적극적 듣기'와 '나-메시지'를 배우고 난 이후 같은 상황에서 아내와 대화를 나눠보기로 하였다. 대화를 나눌 기회를 기다렸다. 퇴근하고 집에 오니 입구에 4개의 택배가 쌓여있다. 기회가 온 것이다.

나 : (웃으며 가벼운 말투로) 요즘 집에 필요한 물건이 많죠?

아내 : (밝은 표정으로) 사야 할 물건이 많네요.

나 : 월급이 많지 않아 가족에게 필요한 물건을 충분히 사주지 못해서 미안해요.

아내 : (약간 놀란 듯) 어머~ 아니에요. 여보는 충분히 잘해주고 있어요.

나 : 그렇게 말해주니 고마워요.

아내 : (얼마간의 시간이 흐른 후) 음~ 불필요한 지출을 줄이기 위해 가계부를 활용해 볼게요.

나 : (웃으며) 좋은 생각이네요.

아내 : (주먹을 쥐며) 우리 힘내 봐요.

내가 먼저 돈을 아끼자는 말을 하지 않았는데 아내가 해결책을 제시하였다. 그렇게 우리의 대화는 마무리되었고 자연스럽게 다른 주제로 이야기가 이어졌다. 금전적인 이야기를 나눌 때마다 흘렀던 팽팽한 긴장감과 어두운 기운은 느껴지지 않았다. 아내는 '금전적인 문제를 내 탓으로 돌리지 않아 줘서 고마워요.'라고 나에게 말했다. 아내는 지금까지 생활비 이야기를 하면 내가 자신을 탓한다고 느꼈던 것이다. 전혀 몰랐다. 너-메시지가 아닌 나-메시지를 사용한 것이 오히려 아내의 마음을 알 수 있었다. 서로의 마음을 이야기하니 아내가 구체적인 방법도 제시하였다. 나의 불안감은 조금씩 사라져 갔다.

대부분 가까운 사이일수록 말하지 않아도 이해해 주리라 생각한다. 그러나 가까운 사이일수록 서로의 마음을 이야기해야 한다. 나의 마음은 그게 아니었는데 말하는 방법이 잘못되어 서로를 오해하거나, 자신을 보호하기 위해 상대를 비난한다. 서로의 마음을 이야기하는 것만으로도 오해는 줄어들고 서로를 이해할 수 있게 된다. '나-메시지'와 '적극적 듣기'를 이용하여 마음을 터놓고 이야기하다 보면 변화하는 배우자를 발견하게 될 것이다.

싸움까지 통(通)하는 부부

어느 햇살 좋은 가을날

우리 부부는 부산에서 나고 자란 사람이다. 그래서일까? 아내와의 대화를 듣던 타 지역 사람들이 '싸우는 거 아니지?'라고 물어볼 때가 종종 있다. 나는 최대한 다정하게 말한 건데 싸우는 소리로 들렸던 모양이다. 타고난 억양을 고치기란 쉬운 게 아니다. 노력 중임에도 불구하고 아직 습관이 되지 않았는지 대화에

몰입하면 나도 모르게 목소리가 커지고 말투와 억양이 세진다. 지금도 나와 가족을 위해 부드러운 말투를 사용하려고 노력 중이다. 말투로 인해 발생했던 우리 가족의 이야기를 해보려 한다.

코로나 19가 세계적으로 유행하기 시작했다. 불안했다. 회사와 집 이외에는 거의 다니지 않았다. 1년 동안 식당을 3번 갔을 정도니 말 다했다. 나의 불안을 알기에 아내도 최대한 유치원에 아이를 보내지 않고 집에서 돌보았다. 아내에게 미안하고 고마웠다. 불안한 나는 코로나19 백신 접종을 해야 한다고 생각했고, 주위 사람들이 백신 접종 후 힘들어하는 것을 지켜본 아내는 백신 접종을 꺼려했다.

아내 : 여보, 코로나19 백신 3차 접종할 건가요?

나 : 맞아야죠.

아내 : 아픈 사람도 많고… 접종이 부담되네요. 어머님, 아버님도 일주일째 고생중 이시잖아요.

나 : 그래도 정부에서 진행하는 일이니 접종하는 게 좋지 않을까요? (아내를 설득하기 위해 목소리가 격앙됨)

아내 : (날카로워진 말투로) 코로나19 백신을 정말 믿을 수 있어요?

나 : 나는 코로나19에 걸리는 것보다는 낫다고 생각해. 코로나19 걸리면 부작용도 많다고 하잖아. (반말을 하기 시작함)

아내 : (단호하고 화난 말투로) 정부와 제조사를 믿고 맞고 있는데, 정말 믿을 수 있는지 모르겠어. 여보는 어떻게 믿을 수 있어?

나 : 그래도 임상 3상까지 검증되었으니까 세계적으로 접종하고 있는 거라고 생각되는데.

아내 : 세계적으로 접종을 하고 있다고 몸에 무해한 백신이라는 근거는 없잖아.

나 : 정부가 사람들의 목숨을 담보로 유해한 백신을 배급하지는 않을 것 같은데? 세계적으로 사기극을 하고 있진 않을 거라 생각해. (나도 모르게 목소리가 점점 커짐)

짱짱이 : (긴장했지만 괜찮은 척) 엄마, 아빠~~ 싸우지 마세요.

아이들은 목소리와 억양에 민감하게 반응한다. 짱짱이를 바라보니 눈꼬리가 살짝 내려가 있다. 부모의 대화를 듣다가 걱정이 되었나 보다. 싸운 것은 아니었지만, 짱짱이의 말 한마디에 분위기가 얼마나 격앙되었는지 알게 되었다. 나는 그제야 언성이 높아지고 있었던 걸 깨달았다. 아내와 눈이 마주쳤다. 나와 같은 생각을 하는 듯했다. 우리는 일단 짱짱이부터 진정시켰다. 말로 의견이 일치해야만 통(通)하는 건 아니다. 어떤 상황에서는 굳이 말하지 않고도 서로의 마음을 알아차릴 때가 있다. 지금처럼.

나 : (목소리 톤을 낮추며) 짱짱아, 엄마 아빠 싸우는 거 아냐. 의견

이 달라 서로의 의견을 이야기하다 보니 목소리가 커진 거야. 걱정하지 마.

아내 : (안정적인 목소리로) 그래. 엄마 아빠 의견이 달라서 그런 거야.

짱짱이 : 알았어요. 싸우지 마세요.

나는 어떤 상황을 바라볼 때 사실에 초점을 맞추는 경향이 있다. 아내는 나와는 다른 성향의 사람이다. 아내는 사실보다 감정을 중요하게 생각한다. 부부간의 대화에서 사실도 중요하지만 서로의 마음을 이해하고 공감해주는 것이 더 중요하다. 그래서 나는 적극적 듣기를 활용하여 대화를 해야겠다고 마음먹고 대화를 다시 이어갔다.

나 : (차분한 어조로) 코로나19에 걸리는 게 걱정이 돼서 백신 접종을 해야 한다고 생각해요. 코로나 백신을 맞으면 100% 예방이 되는 건 아니지만 그래도 안전해지니까요.

아내 : 그렇긴 하죠.

나 : 여보는 백신 접종하면 아프고 힘들까 봐 걱정이 됐나 봐요.

아내 : 그렇죠. 백신이 나온 지 얼마 되지도 않았고. 검증이 제대로 되지 않은 것 같고, 백신 맞고 아프다는 사람도 많으니까요.

나 : 그렇지. 안전하려고 백신을 접종했는데 아픈 사람들이 발생하니까.

아내 : 그래서 맞을지 말지 걱정이에요.

나 : 3차 접종까지 시간이 있으니까 더 생각해봐요.

아내 : 그래요.

짱짱이의 말 한마디에 정신이 번쩍 들었다. 내가 백신 접종을 해야 된다고 생각하는 이유와 내 감정을 아내에게 말해 주었고, 아내의 마음을 이해하려 노력했다. 아내의 감정을 읽어주니 생각보다 쉽게 대화가 마무리되었다. 짱짱이의 말을 듣기 전까지는 내가 생각하는 것을 이해시키기 위해 노력했다. 우리는 서로를 설득시키는데 혈안이 되었던 것이다. 서로의 생각만을 이야기하다 보니 알맹이가 없는 대화가 되어버렸다. 상황은 욕구를 동반한다. 그러나 대화에서 욕구는 숨긴 채 상대의 변화를 요구하는 경우가 많다.

예를 들어 배우자가 하루가 멀다 하고 술을 마신다고 가정해보자. 그럼 욕구의 이유는 다양하겠지만 건강이 걱정되니 술을 줄였으면 하는 것이 욕구가 된다. 그렇다면 대화에서 가장 중요한 말은 '당신 몸이 상할까 봐 걱정돼.' 일 것이다. 그런데 대화를 하다 보면 걱정이 된다는 이야기보다 술 마시지 말라는 이야기를 계속하게 된다. 감정과 욕구를 더 자세히 이야기한다면 배우자의 행동 변화에 조금이나마 도움이 되지 않을까 생각된다.

앞에서 언급한 억양과 말투도 대화에서 큰 영향을 미친다. 기분 나쁜 말투나 너무 큰 목소리는 상대방에게 위협적일 수 있으므로 대화에 방해가 된다. 따라서 부드러운 억양과 말투로 서로의 감정을 이야기해보자. 마음 상하지 않고 대화를 원활히 진행할 수 있을 것이다.

오늘의 저녁 메뉴는 욕구 비빔밥!!

기분 좋은날

아이가 식사 시간에 자리에 가만히 앉아 식사를 하지 않으면 화나는가? 아이가 식사를 할 때 텔레비전을 보거나 장난감을 가지고 놀지 않길 바라는가? 아이가 밥을 원하는 만큼 먹지 않으면 짜증이 나는가? 이 질문들에 '예'라고 대답한다면 식사 시간마다 신경이 곤두설 것이다. 매일 있는 식사 시간이 지옥일 수도 있다. 식사 시간이 행복하길 원하는가? 그럼 무패 방법으로 아이와 규칙을 정하길 추천한다. 만약 '아니요.'라고 대답하였다면 아이와 지금처럼 식사 시간을 즐기면 된다. 그러나 배우자에 비해 여러분의 허용범위가 넓다면 배우자와 아이의 갈등을 목격하게 될 것이다. 이번 사례는 부부간의 갈등을 최소화하는 내용이 아닌 배우자와 아이의 갈등을 어떻게 조율할 것인지에 관한 사례이다.

아내보다 나는 식사 시간에 아이가 할 수 있는 행동의 허용범위가 넓다. 예를 들어 아내는 식사를 할 때 아이가 일정량 이상을 먹길 원하지만 나는 그러지 않아도 된다고 생각한다. 아내는 식사 시간에 식사에 집중하길 원하지만 나는 작은 장난감을 가지고 식사하는 것을 허용한다. 이렇듯 우리는 다른 입장을 가지고 있다. 그러다 보니 식사 시간에 아내의 허용범위를 벗어난 행동을 했을 때 아내와 아이의 갈등이 발생하는 경우가 있다. 나는 이런 갈등 상황을 지켜보기 힘들었다. 그래서 무패 방법으로 갈등을 해소해 보기로 했다.

아내는 나와 짱짱이(당시 6살)의 건강을 생각해 식단에 신경을 많이 쓴다. 아내는 짱짱이가 먹고 싶어 하는 음식을 해주기 위해 아이에게 물어보고 음식을 준비한다. 짱짱이는 그 음식이 먹기 싫어졌는지 잘 먹지를 않는다. 요즘 짱짱이는 아내가 해주는 음식을 잘 먹지 않는 경우가 종종 있다. 아내는 짱짱이가 이런 행동을 할 때마다 화가 났지만 참았다.

그러던 어느 점심시간에 일어난 일이다. 짱짱이는 음식을 잘 먹지 않고 장난을 치고 있다. 아내는 지금까지 쌓인 화가 치밀어 올라 짱짱이에게 '왜 계속 안 먹고 장난치는 거야? 엄마 너무 화가 나.'라고 말을 했고, 짱짱이도 엄마가 화낸다며 울기 시작한다.

이를 지켜보던 나는 조용히 식사를 한다. 내가 잘못 말을 꺼냈다가는 더 시끄러워질 것 같아서다. 아내는 화내고 짱짱이는 울고 있다. 편하게 식사하고 싶다. 식사 시간의 행동에 대한 규칙을 정하면 즐거운 식사를 할 수 있을 것 같다. 분위기가 좀 누그러들면 무패 방법을 시도해 보기로 마음먹었다.

이 날은 공연을 보기로 한 날이다. 외출을 위해 짱짱이와 샤워를 하며 대화를 시도했다.

나 : 짱짱아, 식사 시간에 엄마가 화난 말투로 이야기해서 힘들었어?

짱짱이 : 응. 엄마랑 잘 지내고 싶은데 잘 안 돼요.

나 : 그럼 어떻게 하면 좋을까? 엄마와 아빠는 짱짱이가 식사를 잘했으면 좋겠는데.

짱짱이 : 짱짱이는 밥 먹는 동안 엄마가 밥 먹으라는 말을 안 했

으면 좋겠어요.

나 : 아~~ 그럼 짱짱이는 밥 먹으라는 말이 싫었구나.

짱짱이 : 예.

나 : 그럼 엄마가 짱짱이에게 밥 먹으라는 말 안 하면 장난치지 않고 밥 잘 먹을 수 있어?

짱짱이 : 예.

샤워를 마치고 아내에게 이야기해 주었다.

나 : 짱짱이가 밥 먹을 때 '밥 먹어.'라고 안 하면 장난치지 않고 밥 잘 먹을 수 있다네요.

아내 : 밥 먹는 시간이 길어지면 치아 건강에도 좋지 않으니 시간도 정했으면 좋겠어요.

나 : 알았어요. 지금 나갈 준비하고 있으니까, 상황 보고 조율해 봐요.

공연 보러 가는 차 안, 오랜만에 공연을 보러 가는 길이라 다들 기분이 좋다. 이 분위기를 몰아 식사 시간에 대한 무패 방법을 다시 이어갔다.

나 : 짱짱아, 엄마 아빠가 짱짱이에게 '밥 먹어.'라고 말 안 하면

앉아서 밥 잘 먹기로 했잖아. 그런데 밥 먹는 시간도 정해야 할 것 같아.

짱짱이 : 좋아요.

나 : 엄마 아빠는 짱짱이가 30분 안에 식사 끝냈으면 좋겠는데. 짱짱이는 어떻게 생각해?

짱짱이 : 30분은 너무 짧아요. 40분으로 했으면 좋겠어요.

나 : 여보는 어떻게 생각해요?

아내 : 40분 괜찮은 거 같아요.

나 : 그럼 식사 시간은 40분으로 하는 거예요. 둘 다 괜찮죠?

아내와 짱짱이 : 예.

나 : 짱짱아, 그럼 밥과 반찬은 지금과 같은 양으로 주면 다 먹을 수 있겠어?

짱짱이 : 밥과 반찬은 짱짱이가 먹고 싶은 만큼 덜어 먹으면 좋겠어요.

아내 : 그렇게 하면 짱짱이가 먹고 싶은 것만 먹게 되니까 엄마가 너무 많거나 적으면 조절해줘도 될까?

짱짱이 : 좋아요.

나 : 그럼 반찬과 밥은 짱짱이가 원하는 만큼 덜고 필요하면 엄마가 조절해주는 걸로 하자. 그럼 우리 가족이 정한 규칙을 정리해볼게.

첫째, 아빠와 엄마는 짱짱이에게 밥 먹을 때 '밥 먹어'라고 말하지 않기.

둘째, 짱짱이는 밥 먹을 때 장난치지 않고 앉아서 먹기.

셋째, 식사는 40분 안에 하기.

넷째, 반찬과 밥은 짱짱이가 먹고 싶은 만큼 덜기. 그런데 엄마가 필요하다고 생각되면 먹는 양은 조절할 수 있음.

이렇게 정하는 거야. 둘 다 괜찮죠?

아내와 짱짱이 : 예.

나 : 우리 그럼 이제부터 즐겁게 식사하자.

아내와 짱짱이 : 예.

무패 방법으로 모두 동의하에 식사 시간 규칙을 정했다. 짱짱이는 밥을 자기가 조절할 수 있는 것과 듣기 싫은 '밥 먹어.'라는 말을 듣지 않게 되었다. 아내는 짱짱이가 장난치지 않고 자리에 앉아서 정해진 시간 동안 밥을 먹으니 식사 시간에 긴장하지 않아도 됐다. 나는 둘의 긴장 상태를 목격하지 않아도 되니 편하게 식사를 즐길 수 있게 되었다. 다음날 아내가 '약속 정하기'를 해줘서 고맙다고 한다. 좋은 남편, 좋은 아빠가 된 것 같아 뿌듯하다. 약속을 정한 지 1개월째, 여전히 아내와 짱짱이는 약속을 잘 지키고 있다. 무패 방법으로 약속을 정하니 가족 구성원 각자의 감정과 욕구를 충족시킬 수 있었다.

무패 방법은 내가 갈등의 주체가 아니더라도 사용이 가능하다. 타인이 처해있는 상황을 정확히 인지한다면 무패 방법을 이용하여 갈등을 조율해 줄 수 있다. 특히 가족 사이에 발생한 갈등이라면 서로에게 신뢰가 형성되어있으므로 대화를 이끌어 나가기 편하다. 서로의 성향을 잘 파악하고 있다면 원활하게 문제를 해결하고 약속을 정할 수 있다. 무패 방법을 활용하여 갈등을 해소하여 화목한 가정을 이루길 바란다.

Part 5

* 프롤로그
* 아내가 된 K-장녀
* '잇프제(ISFJ)'가 강력 추천하는 대화법
* ESFP 남편을 관찰하며 보이는 것들
* '나 전달법'으로 세탁기 문 여는 법
* 남편 마음에 공감 반창고 붙이기
* 시댁에 언제 가지? (WIN WIN 방법이 있다고요?)

아내가 된 미술심리상담사, 대화법을 바꾸다

오소혜

프롤로그

코로나19로 인한 3년 동안 일상생활의 무너짐을 잘 견뎌오며 2022년을 시작하였고, 어느덧 한해의 중반을 넘어서고 있다. 만난 지 11년 차인 나와 남편은 연애 5년, 결혼생활 5년씩 하며 이제는 연애기간보다 결혼기간이 길어지는 중이다. 연애를 했을 때도 종종 다투는 일이 있었지만, 결혼하고 나서 함께하는 시간이 많아지다 보니 갈등이 더 생겨났다. 코로나19와 같은 특수한 상황으로 바깥에 나가서 활동을 잘하지 못하게 되니, 가정에 있는 시간이 늘어나 대화의 중요성을 많이 느끼게 되었다. 나의 감정만 내세운 채 남편을 배려하거나 이해하지 못했던 날들도 있었다. 하지만 작년 딸의 출산 후, 육아를 하면서 감정조절이 잘 되지 않았고, 남편에게 도대체 어떻게 해야 내 마음을 전달할 수 있을지 고민해 보게 되었다.

나는 임신기간 동안 너무 행복했었다. 걱정했던 입덧과 같은 증상도 거의 없었다. 또 주변 모든 사람들이 다 잘 챙겨주고 신경 써 주었기 때문이다. 남편은 특히나 더 각별했다. 기다렸던 우리의 소중한 아기였기에 그랬을 것이다. 하지만 행복한 감정의 이면에 또 다른 감정도 있었다. 원래도 나는 책이나 TV에서 공감 가는 일이 있으면 감정 이입하여 잘 우는 편이었다. 임신 뒤 호르몬 때문인지 아니면 미래에 대한 불안감과 출산 후의 막막함 때문인지 나를 우울하게 만들어 눈물을 더 자주 흘렸다. 아기를 낳고 조리원에서 몸을 회복하던 3주간의 시간은 금세 지나갔다. 육아를 잘할 수 있을지에 대한 많은 근심을 안은 채, 바깥세상으로 무거운 발걸음을 내딛으면서 두려웠던 그때의 기억이 아직도 생생하다. 이런 나를 이해하지 못하고 당황해하는 남편에게 내 원인모를 감정의 이유에 대해서 잘 설명하지 못했다. 그러나 부모교육코칭전문가 자격과정을 밟은 후, 내 인생은 큰 전환점을 맞이하였다. 이 과정을 통해 나에 대해 확실히 알게 되었고, 그 덕분에 지금은 아이도 남편도 타인도 조금씩 이해해가는 중이다.

아기가 4개월이 되었을 무렵, 유난히도 더웠던 여름의 끝자락에서 부모교육코칭전문가 자격과정을 시작하였다. 울긋불긋한 단풍잎이 떨어지는 가을까지 한 계절을 보냈고, 시험과 과제로 마무리를 했다. 육아와 함께 공부를 하면서 눈 깜짝할 새에 시간이 지나갔고, 따뜻한 온기가 필요한 겨울과 벚꽃이 만발하는 봄을 지나 무더운 여름이 다시 찾아왔다. 현재 미술심리상담사로 일을 하고 있으며, 가정으로 돌아오면 아내이자 엄마가 된다. 부모교육을 배울 때 옹알이를 하던 딸이 벌써 1년이 지나 아장아장 걸음마를 하며, 나와 남편은 부모로서의 역할에 애쓰고 있다. 글을 쓰며 바라는 점은 이 글을 보시는 분들에게 나의 사례가 한 분에게라도 조금이나마 공감되고 도움 된다면 참 감사한 마음이 들 것 같다.

의미 있고 효과적인 의사소통 방식을 알려주시며 짧다면 짧고, 길다면 긴 3개월간의 열정적인 강의를 해 주신 대표님과 함께 공부한 선생님들에게도 고맙단 인사를 드린다. 마지막으로 나의 성장을 위한 공부와 글쓰기에 집중할 수 있도록 많은 도움을 준 사랑하는 가족 특히 남편, 딸 찰떡이, 엄마, 아빠와 동생, 시부모님께도 감사함을 표한다.

이 글에서는 주로 나와 남편의 이야기를 다루었다. 둘의 기질을 파악하고, 한 주간 남편을 관찰한 후에 서로 대화한 부분을 써 보았다. 먼저 나를 MBTI로 분석해본 뒤에 남편을 객관적으로 관찰하고 나누었던 '나 전달법, 비폭력 대화, 무패 방법'의 사례로 마무리된다. 가족에게 마음 표현이 서툴러 살갑지 못했던 내가 남편과의 관계를 바꿔나가는 소통법을 여러분들과 나누고 싶다.

아내가 된 K-장녀

싱그럽던 5월의 결혼식 날

2012년 무더운 여름, 유치원 교사로 사회생활을 하다가 평생의 반려자인 남편을 만났다. 우리의 만남은 처음부터 삐걱거렸다. 사실 남편은 내 이상형과는 거리가 멀었으며, 첫인상도 무섭고 날카로워 그렇게 좋지는 않았다. 그런데 남편이 먼저 연락을 자주 하였고 한 번, 두 번 같이 밥을 먹다 보니 남편에 대한 호감이 점점 생겨나갔다. 한 달 남짓 만나다가 남편이 집으로 데려다

주는 차 안에서 눈을 마주치지 않은 채, 사귀자며 고백을 하였다. 예상을 하기도 했지만 당황스럽기도 하여 한 주간 시간을 달라고 이야기를 했다. 일주일 뒤, 나 또한 좋다는 뜻으로 이야기를 한다는 것이 작은 목소리로 “지금 이대로 좋아요.(계속 만나는 것이 좋다)” 라고 답했다. 남편은 사귀지 않고 오빠 동생으로 지내자는 소리로 알아들어 한동안 술을 마셨다 한다. 이 에피소드와 같이 대화를 하다 보면 오해가 생기고 원래 의도와는 다르게 받아들여지는 순간들이 종종 있었다.

솔직히 연애할 때는 결혼까지 할 것이란 예상을 하진 않았지만, 모든 일에 열심히 임하는 모습에 반해 남은 인생을 함께 하기로 마음먹게 되었다. 아직 결혼한 지 5년 조금 지났는데, 남편을 배우자로 맞이한 이 선택은 후회 없는 최고의 선택이었다고 자부한다. 부모님께 남편을 처음 소개드렸을 때, 원하시는 사위상과 멀어 반대하셨다. 하지만 오직 나에게만 집중하여 신경을 써주는 한결같은 사람이었기 때문에 결혼해도 믿음직스럽고 행복할 것이란 확고한 생각으로 부모님을 설득하는 데 성공했다. (지금은 너무나도 좋아하시는 사위이다.^^)

열렬한 연애 끝에 초여름 같았던 봄날 드디어 결혼식을 올렸다. 부모님과 떨어져 본 일은 기숙사 생활을 하거나 해외연수로 최장 한 달간 여행을 갔던 일뿐이었다. 독립은 내 인생에 처음 해 본 것이다. 물론 남편도 군 생활 빼고는 마찬가지였다. 집안일을 종종 했던 나와는 달리, 평소에 집안일을 전혀 안 했던 남편과 신혼 초에는 생활습관부터 하나, 하나 맞춰가야 했다. 의견이 달라서 때때로 다투기도 하였다. 그래도 이렇게 함께 살며 좋았던 점은 어느 정도 서로를 이해하고 익숙해지는 결혼생활을 하면서 남편이 워낙 잘 받아주다 보니 원가족 내에서 억압되어 마음껏 하지 못했던 것들을 할 수 있었다. 그만큼 편했던 결혼생활이었는지 몸무게도 많이 늘고 남편에게 의존하는 나의 모습도 발견하였다. 내 마음속 어린아이가 오직 남편에게만 드러난 것이다. 다행히도 나를 보듬어 주며 잘 받아주는 좋은 남편을 만나게 된 것은 큰 행운이라 생각된다. 내가 미술 심리 상담 공부를 할 수 있었던 것도 남편의 든든한 지원이 있었기에 가능한 일이었다. 남편은 나의 내담자(심리적인 문제를 혼자 해결하는 데 어려움을 느껴 상담자의 도움을 받아 해결하고자 하는 사람)가 되어주기도 했다. 시험 기간이면 같이 도서관으로 공부하러 다니고, 암기하는 것을 봐주기도 하며 대학원 졸업에 큰 역할을 한 일등공신이었다. 이런 남편에겐 항상 고마운 마음이 가득했지만 아쉽게도 표현을 잘 하지 못했다.

요즘 말로 해서 'K-장녀'로 나를 설명할 수가 있다. 책임감, 겸손함, 습관화된 양보를 한다는 Korea의 앞 글자 K와 장녀의 합성어라고 한다. K-장녀인 나는 교육자 부모님의 밑에서 태어났고, 4살 터울의 조용한 남동생이 있다. 맞벌이 하시는 부모님 대신 동생을 많이 돌봤다. 어린 시절 부모님의 사랑을 남동생과 나눠가져야 하다 보니 부족함을 느꼈다. 그래서인지 집에 손님들이 놀러 오신 후, 가야 할 시간이 되면 그렇게 가지 못하도록 울었다고 한다. 남자였지만 너무나도 귀여웠던 동생을 많이 놀아주고 예뻐하기도 했다. 그러나 4년 동안 외동딸로 살다가 남동생이 생겼던 터라 엄마의 관심을 독차지할 수 없었다. 남동생을 질투하기도 하며 미워하는 감정이 들기도 했다. 친가와 외가에서 가장 먼저 태어나 친척들에게 많은 사랑을 받았지만 그래도 항상 본질적으로 채워지지 않는 무엇인가가 있었다. 30년 정도의 지난 날들을 돌이켜 보면 늘 다른 사람에게서 인정받으려 애를 썼다. 또한 애정을 충족받기 위해 노력하며 살아왔다.

중학교 때까지는 별 반항 없이 학생의 주어진 본분인 공부를 충실히 하며 자랐다. 친구들에게도 인기가 있어 반장, 부반장도 여러 번 해봤고 상위권의 성적을 유지했다. 고등학교에 들어가면서부터 사춘기가 시작되어 외모나 연애 등 다른 것에 관심을 가지며 공부에 소홀하였다. 또 자아가 강해지면서 나의 주장이 세지다 보니 부모님과 갈등을 자주 빚곤 했었다. 남들보다 뒤늦은 시작이었지만 미술에 대한 나의 진가를 알아봐 주신 고등학교 미술 선생님 덕분에 입시 미술을 시작하게 되었다. 어릴 적부터 만들기나 꾸미는 것을 잘하여 종종 상도 받곤 했다. 고1 미술시간, 수행평가로 그렸던 고등학교 교정의 풍경 그림 하나가 나를 미술학원에 다니게 한 계기가 되었다. 공부도 하고 밤늦게까지 디자인 입시를 준비하며 디자이너가 되겠단 꿈을 꾸면서 열심히 다녔다. 하지만 다른 친구들에 비해 부족했던 것이었을까? 통학 가능한 거리 내의 대학교들로 상향 조정하여 지원했던 것이 잘못이었을까? 원하던 대학 진학에는 실패하고 말았다.

좌절된 입시로 인해 한동안 우울한 마음을 가지고 있었다. 극복하기 위해 많은 생각의 정리들을 하였다. 그러던 중, 어린이집을 운영하셨던 엄마의 권유로 유아교육의 길에 들어서게 되었다. 힘들었지만 정신을 다시 바짝 차렸다. 부모님의 명성에 누가 되기 싫었으며 K-장녀로서, 맏이로서 그 의지를 보여드리고 싶었다. 원하는 과가 아닌 대학 생활임에도 주어진 것에 충실히 해 나갔다. 교수님의 말씀은 농담이라도 책에 다 받아 적었으며, 빈 노트에 전공 책 내용을 도배할 만큼 최선을 다해 공부하였다. 학점을 잘 받게 되어 장학금도 받고 책임감 있게 동아리 생활도 했다. 그렇게 3년이란 시간이 지나 졸업할 무렵, 성실한 모습이 눈에 띄어 실습나간 유치원에 바로 취업되었다.

대학교 생활을 마치고 유치원 교사로서의 첫 사회생활을 시작했다. 5년 동안 5~7세의 아이들과 함께 하였다. 여러 아이들을 살펴보다가 평소에 표현을 잘하지 못하는 아이들의 마음을 어떻게 더 알아줄 수 있을지 고민을 하게 되었다. 상담공부를 해야겠단 마음을 먹게 되었고, 일과 학업을 병행하는 건 무리라 생각되어 일을 잠시 쉬기로 했다. 고등학교 때 이루지 못한 미술의 꿈과 접목하여 미술치료 대학원을 지원해 다니기로 결심했다.

대학원에서 미술 심리 공부를 한 후에 학교와 복지관, 센터에서 상담일을 3년 동안 했다. 임신을 하고도 출산 한 달 전까지 맡은 내담자들을 위해 일하였다. 출산 뒤, 육아를 하는 도중에 이화여자대학교에서 우편물로 온 부모교육코칭전문가 자격과정이 눈에 들어오게 되었다. 이화여자대학교는 집에서 왕복 4시간 정도는 잡아야 갈 수 있는 거리였다. 강의를 온라인으로 한다는 매력적인 조건이 있어 고민을 하게 되었다. 출산 예정일 전날 진통이 시작되어 오후 9시부터 시작된 진통은 장장 12시간 동안 이어졌다. 오랜 진통을 견뎠지만 아기가 위험하다는 말에 결국 제왕절개를 하게 되었다. 그래서 그런지 몸의 회복 속도는 느리기만 하여 수강이 망설여졌다. 다른 한편으로는 집에서 강의를 들으니 할 수 있을 것 같아 남편과 상의한 후에 결국 수강 신청을 했다. 초반에는 3시간 동안 노트북 앞에 앉아 있는 것도 버겁고 과제가 매주 있어 힘들었다. 병원도 다니고 조금씩 운동을 하면서 몸을 회복해갔다. 강의해 주시는 대표님과 함께 육아하며 공부를 병행하시는 인생 선배님들과의 소통으로 엄마가 되어 혼란스럽고 힘들었던 마음도 괜찮아졌다. 벌써 12주간의 과정을 무사히 끝낸 후 이렇게 글을 쓰고 있는 중이다.

‘잇프제(ISFJ)’가 강력 추천하는 대화법

행복했던 신혼여행

요즘에 유행하는 MBTI 성격유형으로는 2번이나 검사한 결과 ‘ISFJ[**]’ 일명 잇프제로 나왔다. 내가 나온 ISFJ 유형에 대하여 더

** ISFJ : 일상생활에 활동할 수 있도록 고안된 자기보고식 성격 유형지표로 ISFJ를 잇프제라 부른다. 용감한 수호자 혹은 임금 뒤편의 권력형이라 소개되며, 기능유형과 태도 유형으로 나누면 내향형, 감각형, 감정형, 판단형이다.

자세히 이야기해 보자면 내향형에 감각형, 감정형, 판단형으로 깊이 있는 대인관계를 유지하는 편이다. 에너지 방향은 I로 조용하고 신중하여 이해한 다음에 행동하려 한다. 정보 수집을 하는 인식 기능은 S로 오감에 의존하며 실제 경험을 중시한다. 지금, 현실에 초점 맞춰 정확하고 철저하게 일 처리를 하는 편이다. 결정 하는 판단 기능에서 F로 사람들과의 관계에 주로 관심가지고 주변 상황을 고려해 판단한다. 이행 양식이나 생활양식은 J로 분명한 목적과 방향이 있으며 기한을 엄수하려 하고 철저히 사전에 계획하면서 체계적인 듯하다.

이런 나와 반대의 성향을 가지면서도 S와 F를 가져 비슷한 성향인 남편은 'ESFP'로 예상된다. 주변의 분위기를 고조시키는 우호적인 사람이다. 폭넓은 대인관계를 유지하며 사교적이고 정열적이면서 활동적이다. 목적과 방향은 변화 가능하며 상황에 따라 일정을 변경할 수 있고 자율적이면서 융통성이 있는 편이다. 찾아보니 ISFJ와 ESFP가 잘 맞는다고는 하나, 30년 가까이 서로 살아온 가정환경이 다르기 때문에 갈등이 빚어지는 건 어쩔 수 없었다.

6년 차 부부인 우리는 신혼 초에 특히 사소한 문제로 다투게 될 때가 있었다. 그럴 때마다 나는 대화하지 않으며 혼자만의 시간을 가졌다. 내 생각과 느낌을 잘 전달하지 못하고 스스로 다툰 일에 대해 고민하며 정리하는 시간이 필요했다. 나와는 정반대로 남편은 갈등을 말하면서 바로바로 풀어야 하는 성격이다. 남편은 대화를 하면 할수록 점점 더 감정적으로 변했다. 그래서 대화를 시작하면 남편의 그런 모습이 난 무섭게 느껴져 결국 더 회피하고 숨어 버리곤 했다. 어릴 때부터 맏이로서 참는 것만 익숙했지 내 욕구를 표현하는 방법을 배우지 못하였다. 갈등 상황을 불편해하며 받아들이지 못하고 어떻게 해야 할지도 몰랐다. 어릴 적에 부모님이 다투시면 서로 대화를 하지 않으셨다. 자라면서 나는 그 모습을 무의식적으로 학습하게 된 것 같다. 이렇게 나에 대해 분석해 보니 어떤 점을 보완해야 할지, 나는 왜 이런 행동을 하는지 더 알아가고 싶었다. 또한 각각 성격 유형 마다 차이가 있고, 성장환경에 따라서도 남편과 나는 많이 다르단 걸 알았다. 이 다름을 이해하는 것과 함께 어떤 대화로 우리를 연결할 수 있을까에 대해 늘 궁금했다.

부모교육을 통해 배웠던 대화법이 우리를 연결시키는 열쇠가 될 수 있었다. 알게 된 3가지의 대화법이 있는데 그중 첫 번째는 '나 전달법'이다. 내 감정과 욕구를 들여다본 후, 상대를 관찰하여 앞에서 들여다봤던 내 감정과 욕구를 전달하는 대화법이다. 두 번째 '비폭력 대화법'은 4단계로 타인을 평가가 섞이지 않은 객관적인 시선에서 관찰해 느낌을 이야기하고, 나의 욕구를 전달한 후에 부탁을 한다. 마지막으로 '무패 방법'은 6단계를 거쳐서 상대방과의 갈등을 확인 한 다음, 공감 듣기와 말하기를 통하여 솔직히 상대에게 이야기하는 것이다. 그리고 합리적이면서 구체적인 방법으로 실천 가능한 계획인지, 실행되었는지 확인한다. 이 대화법들의 공통점은 타인과 대화할 때 적극적 듣기로 상대를 관찰하며 상대 이야기를 공감 듣기로 경청하고, 나 메시지를 사용해 공감 말하기로 욕구의 확인, 이해하여 내 느낌과 욕구를 전달한다는 것이다. 적절한 감정의 표현을 통해 서로 의사소통하려는 노력 또한 가능하다.

앞의 3가지 대화법이 잘 통하지 않을 것 같다는 의문이 생길 수도 있다. 하지만 시도해 보란 말씀을 꼭 드리고 싶다. 내가 이 대화법들을 적용해 보게 된 것은 부모교육코칭전문가 자격과정을 밟게 되는 좋은 기회가 생겼기 때문이다. 부모교육을 공부하면서 나를 이해해 나갔고 상대도 이해하게 되었다. 3가지의 대화법들을 적용해나가며 자격증 과정을 마무리할 무렵에 내 표정이 갈수록 밝아졌다는 동료 선생님의 피드백도 받았다. 강의 과정의 중반부를 향해 갈 때쯤 소그룹 모임이 MBTI 성향에 맞게 정해졌다. 초등학생 딸을 키우시는 선생님, 어린 남매를 육아하시는 선생님과 함께 3명이서 짝이 맺어지게 되었다. 줌에서 여러 선생님들과 수업할 때 서로 의견을 나누며 대화하는 부분이 있었는데 화상으로 만남에도 불구하고 나는 낯을 가렸다. 정확한 답이 아니라 생각되면 이야기하지 않는 성격이기도 해서 소극적인 수업활동을 했다. 그에 반해 소그룹 모임은 나에게 적절한 방법이라 여겨졌다. 어색한 첫 만남에 리드해주시는 적극적인 선생님의 지휘 아래 소모임이 진행되었다. 점차 익숙해지며 진솔한 이야기를 나누고 친해지면서 서로 응원하게 되었다. 모임의 마지막에서 "오소혜 선생님, 요즘 처음에 보던 것보다 표정이 많이 밝아졌어요."라는 말과 함께 진정한 공감을 받으며 나 자신이 살아있음을 느꼈다. 상담하는 직업의 특성상 주로 공감을 해 주는 편이라 공감 받아본 적이 별로 없었는데, 함께한 선생님들께 참 감사한 마음이 들었다.

ESFP 남편을 관찰하며 보이는 것들

내 반쪽인 남편

먼저 남편의 행동을 관찰해 보기로 하였다. 평소 주의 깊게 남편을 관찰해 본 적이 없었다. 남편의 마음과 욕구를 잘 알 수 있으려면 관찰이 필요할 것으로 생각 되어 일주일간 시도해보았다.

- 남편 관찰 (38세, 결혼 6년 차 서비스 엔지니어, 이성적)

1일 차 (11/23 화) : 퇴근하여 집에 온 후, 회사에서 있었던 일을 이야기한다. 새로 오기로 한 직원이 연락도 없이 오지 않았다고 하였다. 회사에 일할 인원이 부족해서 스트레스를 받는다고 한다. 소수의 인원으로 일을 하려니까 힘이 들겠다고 공감해주니, 출장이 많이 잡힐 것 같다고 말한다. 걱정된다 하며 배가 고플 테니 밥을 먼저 먹자고 이야기하자, 손을 씻은 후 같이 저녁 준비를 돕는다.

2일 차 (11/24 수) : 택배로 온 아기 장난감인 졸리 점퍼를 살펴본 후에 조립을 하고, 아기의 키에 맞게 조절한다. 아기를 데려와서 태워보는데 처음이라 잘 놀지 못하자, 다리를 잡고 밀어준다. 아기가 졸리 점퍼를 탐색하며 좋아하니 지켜본다. 아기 발밑이 바닥이라 점프를 하면 딱딱해 아플 것 같다고 이야기하면서 이불을 대어준다.

3일 차 (11/25 목) : 저녁에 아기 감기약 먹일 시간이 되어 역류 방지 쿠션에 눕히고 입에 약을 조금씩 넣어가며 먹인다. 코에서 콧물이 나오고 약을 먹이다가 아기 얼굴에 묻자 물티슈로 닦는다. 먹은 약통을 주방에 가서 씻은 후, 실리콘 손가락 칫솔로 아기의 입안을 양치해준다.

4일 차 (11/26 금) : 아기의 숨소리를 듣더니, 코가 막혔다고 한다. 콧물흡입기를 가져와서 아기를 기저귀 갈이대에 눕힌 후 코안을 뚫어준다. 아기가 움직이고 울자, 나에게 잡아 달라 하며 도움을 요청한다. 코를 뚫어준 다음, 우는 아기를 안아주면서 달랜다. 독감 예방 접종을 하기 위해 소아과에 갈 준비하고 아기도 챙겨서 함께 나간다.

5일 차 (11/27 토) : 미용실에서 머리 자르고 온다 하며 외출한다. 메시지로 필요한 것이 없는지 물어 없다 하자 알겠다고 한다. 커피 사러 갔다가 옆에 붕어빵 파는 곳이 있어 사 왔다 하며 종이봉투를 건넨다. 고맙다 하니 웃으며 못 봤던 예능을 TV에서 보자고 한다. 좋다 이야기하니, 리모컨으로 편성표를 살핀 뒤 찾아서 같이 본다. 베개를 바닥에 놓고 매트 위로 눕더니 잠이 든다.

6일 차 (11/28 일) : 남편이 일찍 일어나 배추 된장국과 제육볶음을 하여 아침을 차려준다. 잘 먹겠다 인사를 하자 맛있게 먹으라고 이야기한다. 친구가 온다 한 날이라 내가 청소기 돌리는 동안 스팀청소기로 걸레질을 하겠다고 한다. 집 정리도 같이 한 다음, 친구가 오자 인사하고 아기랑 놀아주며 돌봐준다.

7일 차 (11/29 월) : 퇴근해서 병원에 다녀온 이야기를 한다. 내가 아기 분유 먹을 시간이어서 얼른 씻겨주라 했는데, 남편은 내 얘기를 듣지 않고 자기 아픈 이야기 하며 주방에서 설거지한다. 다시 아기 씻길 시간이라 이야기하자, 화장실로 가서 따뜻한 물을 받고 목욕할 준비를 한다. 욕조에 받은 목욕물로 아기를 씻기고 나와서 로션을 발라준다.

남편과 아침에는 출근하느라 바빠서 별로 소통하지 못하고, 주말이나 퇴근한 다음 저녁시간에 이야기를 주로 하게 된다. 요즘 회사에서 힘든 것과 컨디션이 좋지 않은 부분을 나에게 이야기하고 싶었던 것으로 생각되었다. 상호의존의 욕구가 느껴졌고 이해와 지지, 소통을 원했던 것으로 보인다. 그 와중에서도 아기와 나에게 충실히 주어진 임무를 다하며 챙겨주는 모습에 고마운 마음이 많이 들었다. 평소 남편에게는 그런 고마운 마음을 표현하지 못하고, 쑥스러워서 내 마음과 정반대로 퉁명스럽게 대하며 잘 전달하지 못한다. 이렇게 글로나마 고마움을 표현하며 앞으로는 직접적으로 그때, 그때 이야기해야겠다고 관찰을 하는 동안에 다짐하였다. 여러분도 배우자를 이해하기 위해서 관찰부터 시작해 보는 건 어떨까요?

'나 전달법'으로 세탁기 문 여는 법

찰떡이와 돌 가족사진 촬영

나 전달법과 비폭력 대화, 무패 방법을 쓰면서 내 안의 감정과 욕구에 대하여 깊이 있게 생각해보고 표현해 볼 수 있었다. 먼저 남편과의 대화에서 '나 전달법'을 적용해 본 사례를 이야기해보려 한다. 아기가 생기니, 둘 만 있던 신혼과는 새삼 달랐다. 예상도 하고 익히 들었지만 하나부터 열까지 온통 다 신경 써야 하는 것들이었다. 서투르고 정신없는 초보 엄마, 아빠인 나와 남편은 육아방법에 있어서 맞춰가야 하는 것들이 많았다. 유아교육을 전공했고 미술 심리 상담을 하는 나로서는 육아를 잘 해내고픈 욕구가 있었다. 처음에는 너무나 두렵고 걱정 또한 많았다. 하나밖에 없는 귀하고 소중한 딸이다 보니, 잘 보살피면서 아프지 않게 케어하고 싶었다. 아기의 빨랫감을 세탁하는 과정에서 어떤 한 사건이 있었다. 집에 있는 시간이 많은 내가 빨래를 주로 하지만, 주말이나 저녁에 시간되면 남편이 하기도 한다. 빨래가 끝나고 세탁물을 건조기에 돌리려 옷을 구분하는데, 아기 세탁기 문 위에 올려놓다가 그렇게 닫은 채로 환기를 시키지 않은 적이 종종 있었다. 이번 기회에 '나 전달법'을 남편에게 적용해 보기로 하였다. 공부한 대로 말하는 것이라 미리 언급한 후에 대화한 내용이다.

나 : 오빠, 빨래를 한 다음에 세탁기 세제 넣는 곳이랑 입구 문 열어둬서 곰팡이 피지 않도록 하면 좋겠어. (내가 원하는 행동이나 상황을 구체적으로 말하기)

남편 : 응~! 그렇게 할게.

나 : 도와주려 한 건 참 고마워~! 더운 날씨라서 지난번에도 이야기했었는데 세탁기 안에 물 고이는 거 알지? 통풍을 시키지 않으면 세균 번식되는 것 때문에 걱정돼. 여러 번 얘기한 것 같은데 들어주지 않는 것 같아서 짜증 나기도 하고 답답해. (상황

에 대해 내가 느끼는 점 말하기)

남편 : 건조기에 세탁물 구분해서 넣느라 깜빡했었어. 미안해~!

나 : 세탁기 문 닫아두면 위생적으로 좋지 않고, 곰팡이 펴서 빨래에 냄새도 나거나 물때가 껴. 그래서 세균 때문에 아기나 우리 건강에도 좋지 않아. (이유를 풀어서 말하기)

남편 : 이제 빨래하고 나서 신경 쓸게.

나 : 그렇게 신경 쓴다고 얘기해 줘서 고마워~! 다시 한번 얘기하는데 세탁기에 빨래 돌리고 나서 문이랑 세제 통을 잊지 않고 열어뒀으면 해. 우리 가족이 비염도 있고 이제 아기도 있다 보니 곰팡이를 더 조심해야 될 것 같아. 닫혀 있는 거 보면 내가 이야기 한 걸 무시하는 걸로 생각돼서 짜증 나고 답답하기도 하니까 세탁기 환기에 신경 써 주면 좋겠어. (내가 원하는 것 말하기)

이 대화법을 사용하지 않았더라면 서로 짜증만 내고 또 감정적인 이야기를 해서 다툼으로 이어졌을 거라 생각된다. 평소대로의 대화를 상상하면 다음과 같다.

나 : (짜증내고 화내면서) 오빠 왜 이렇게 자꾸 얘기하게 만들어!

남편 : (영문을 모른다는 듯이) 왜~?

나 : 세탁기 쓰고 나서 문 열어가지고 환기 좀 시키라 했잖아.

남편 : 건조기에 빨래 넣다가 까먹었어.

나 : 내 말을 무시하는 거야?

남편 : (굳은 회색빛의 얼굴로) 아냐. 다음부터는 안 그럴게.

나 : 여름이라 곰팡이도 생기고 찰떡이한테 안 좋다고!

남편 : (같이 화난 말투로) 알았어!

남편은 잔소리라 여겨 화냈을 수도 있고, 나는 내 욕구를 몰라주는 남편이 야속하지 않았을까? 란 생각이 들었다. 이전과는 다른 대화법으로 어색하기도 했지만 말을 해 나가면서 내 감정이 무엇인지 느꼈다. 남편도 잘 받아들여 주어서 편안하게 넘어간 상황이 되었다. 물론 지금도 여전히 세탁기 문을 깜빡하고 닫아 놓을 때가 있어 답답한 부분이 있다. '나 전달법' 은 나의 느낌과 욕구를 전달하는 것이 목적이다. 내가 전달한 욕구, 감정 이야기를 들어주는 건 상대방의 선택이기에 신경 쓰지 않기로 했다.

남편에게 이 대화법을 하고 난 뒤의 소감을 물으니, 자꾸 반복적으로 이야기하는 것처럼 느껴졌다고 했다. 그래도 '세탁 후에 신경을 써야겠다.'며 생각했다고 한다. 돌이켜보니 남편의 말도 일리가 있었다. 나는 어릴 때부터 어른들이 하는 말을 곧 법이고 꼭 지켜야 한다 생각하며 항상 지키려 했듯이 고지식하고 융통성이 별로 없다. 그래서 "부모교육 강의에서 배운 대화법 매뉴얼대로 한 거야."라고 반박하며 서로 깔깔대면서 웃었다. 나도 여러 번 이야기 듣는 것이나 하는 것을 싫어한다. 남편도 직장에서 후배들한테 지적하거나 이야기할 것이 있으면 한 번만 한다고 했다. 이 부분은 조금 더 고려를 하여 상대방의 기질이나 특성에 맞춰 어떤 대화법이 좋을지 고민해서 적용해야겠다고 생각하였다. 남편은 내가 평소의 대화법과 다르게 이야기하니, 한 번만 말해주면 좋겠다고 했다. 다음번에는 원칙대로가 아닌 융통성 있게 내가 전달하고자 하는 욕구와 느낌을 간단히 이야기해보려 한다. 여러분이라면 이 상황에서 남편에게 어떤 말을 해 주었을지 한 번 생각해 보시길 바란다.

남편 마음에 공감 반창고 붙이기

우리 가족의 첫 여행

다음은 평화적인 대화를 가능하게 하는 '비폭력 대화'의 사례이다. 비폭력 대화는 관찰, 느낌, 욕구, 부탁의 4단계를 거쳐 말하는 것을 이야기한다. 비폭력 대화를 하면서 나 자신에 대해 알아나가던 대학원 시절이 떠올랐다. 평소에 욕구 표현을 하지 못하는 전형적인 K-장녀로 친구들 사이에서 착한 친구의 역할만 하던 나였다. 그런데 항상 나에게만 부여하는 그 역할이 너무나도 싫어서 화가 난 감정을 고슴도치의 가시처럼 드러내고야 말았다. 이렇듯 갑자기 내 욕구를 나타내며 얄미운 단계로 가는 과정을 겪었던 것이 기억났다. 상대가 당황하지 않도록 조절하여 욕구표현 해 보는 비폭력 대화법을 남편과의 대화에서 적용해 보았다.

나 : 오빠, 요즘 회사에서 힘든 일이 많아 그런지 지쳐 보여. (관찰)

남편 : 맞아. 너무 힘들어~! 같이 일하는 동료도 그만두고 지방 출장 갈 일이 많이 잡히네.

나 : 그런 오빠의 모습을 보니까 나도 속상하고 걱정된다~! (느낌)

남편 : 로또 당첨되어서 회사 그만두고 싶다.

나 : 오빠가 회사 그만두고 싶다 이야기하니까 내가 오빠를 걱정하는 마음이 전달되지 않고 소통이 잘 되지 않는 것 같아 섭섭하네. (욕구)

남편 : 회사에서 힘든 일을 나한테만 시키는 것 같으니까 그래.

나 : 아, 회사에서 힘든 일을 오빠한테만 시키는 것 같다고 생각되는구나~! 그래도 집에 와서는 회사 생각은 털어버리고 나랑 이야기할 때 즐겁게 대화해주면 좋겠어. (부탁)

집에서 육아하느라 나도 힘이 드는데, 남편이 회사 일로 인한 스트레스를 나한테 푸는 것 같이 느껴졌다. 한편으로 이해가 가면서도 남편의 걱정을 해 주는 내 마음을 알아주지 않는 것으로 생각되었다. 나의 속상한 마음을 비폭력 대화로 풀어내 보았다. 그전 같았으면 삐지고 혼자 토라져서 아무 말도 하지 않았을 것이다. 남편은 그런 나의 모습을 보며 영문도 모르고 답답했을 것 같다. 그런데 대화법을 통해 상호의존 중 소통의 욕구가 있는 걸 나 스스로 인정하게 되었다. 관찰, 느낌, 욕구, 부탁의 과정으로 전달하니 남편도 한결 수그러든 것 같았다. 조언, 위로에 급급하면서 대화를 해 나갔던 날들이 떠올라 반성도 되었다. 객관적인 관찰과 지켜보는 것의 중요성 또한 알게 됐다. 이런 상황에서 여러분이라면 어떻게 이야기를 했을지 고민해 보면 좋을 것 같다.

대화법에서 가장 중요하게 생각하는 것은 상대를 관찰해 이야기를 잘 듣는 것이다. 이를 지칭하는 말이 '공감 듣기(적극적 경청)'라고 한다. 말하는 사람의 욕구에 초점을 맞추는 것이다. 공감 듣기를 남편에게 적용한 사례도 제시하고자 한다. 남편이 회사에서 지방 출장이 잡힐 것 같다고 미리 예상을 하였다. 전시회가 있어 가지 않을 수도 있다며 마음을 놓은 상태였다. 그런데 갑자기 출장 가게 되었단 이야기를 퇴근하면서 전화로 말하는 내용이다.

남편 : 나 퇴근해~! 오늘 머리가 너무 아프다. 갑자기 전라도로 출장 가야 될 것 같아.

나 : 갑자기? 안 갈 것 같다고 하더니 가게 됐나 보네……. 출장

가게 되어서 머리가 아프구나.(관찰)

남편 : 원래 당일로 다녀오라는데 그러면 늦을 것 같기도 하고 다음 날 또 일정이 있어서 골치 아프네.

나 : 그러게. 전라도면 편도 4시간은 걸릴 텐데 다음 날 일정도 있고 너무 힘들겠다.(느낌)

남편 : 다음 주에 월차 내니까 괜찮겠지. 지난주에도 출장 다녀와서 감기 걸리고 컨디션 안 좋았는데 걱정된다.

나 : 리듬이 깨질까 봐 걱정되는구나. 무리하지 말고 다음 주에 쉬니까 힘내! 회사에서 일정을 너무 빡빡하게 줘서 속상하겠다. 저녁 삼겹살이니까 먹고 기운 내자.(욕구+부탁)

남편 : 알겠어. 얼른 갈게!

아이가 어리다 보니 육아하느라 서로 눈을 마주치면서 이야기하는 둘만의 시간이 별로 없어 아쉬운 마음이 든다. 전화로라도 힘든 상황을 들으며 남편의 마음을 읽어주고 공감하려 했다. 대화 패턴이 예전과는 다르다 생각되어 남편도 생소했을 것이다. 남편의 힘든 상황에 대해서 마음을 읽어주니 한결 편안해진 것으로 보였다. 친구들하고 얘기할 때나 상담실 내에서 내담자에게만 할 것이 아니라 주위 가족들에게도 적극적으로 경청해 주는 시간을 많이 가져야겠다고 느꼈다. 여러분이 만약 위와 같은 상황이라면 남편에게 어떤 반응을 해 주실 건가요? ^^

시댁에 언제 가지?

(WIN WIN 방법이 있다고요?)

사랑하고 존경하는 시부모님과 친정 부모님

마지막 대화법은 나 전달법과 적극적 듣기를 도구로 사용하는 '무패 방법'이다. 무패 방법을 활용해 단계별로 사례의 적용도 하고, 약속을 정해보았다. 무패 방법의 6단계는 먼저 환경 조성하여 참여 유도를 하고 1단계에선 갈등을 확인한 후 정의한다. 2단계로 넘어가면 가능한 해결책을 여럿 생각해 낸 다음, 3단계에서 각 해결책을 평가한다. 4단계는 가장 좋은 해결책을 결정하여 5단계로 가서 결정된 것을 실천할 구체적인 방법을 생각한다. 마지막 6단계에서는 잘 실천되었는지 확인하는 것이다.

남편과 시댁에 가는 날을 정하면서 무패 방법을 시도해 보았다. 시어머님의 생신이 있었는데 핸드폰 달력에 저장해 둔다고 했지만 업데이트가 되면서 알림이 안 뜬 것이다. 마침 가려고 하는 날이 친한 친구도 찰떡이가 태어난 후 처음으로 집에 놀러 온다고 한 날이라 당황하였다. 우리 가족은 평소에 생일과 같은 행사가 있으면 그 전주 주말에 챙기곤 한다. 평일은 남편 일이 늦게 끝나기도 하고 아기의 컨디션도 생각해야 하기에 더 여유로운 주말에 가는 편이다. 원래 남편은 어릴 적부터 생일을 챙겨본 적이 없다고 한다. 반대로 나는 기념일은 매번 잘 챙기시는 부모님을 보고 자라왔기 때문에 다른 집들도 그런 줄로만 알았다. 남편은 익숙하지 않았기에 생일 챙기는 것이 귀찮게 여겨졌다고 한다. 결혼하고 나서 남편에게 먼저 물어보며 시댁 부모님의 생신을 챙겼던 나인데, 매번 챙기다 잊었으니 남편의 입장에서는 변명이라 느껴졌을 것이다. 또 요즘 아이가 아프다 보니 정신이 없어 더 그랬던 것으로 생각된다. 그 당시, 미안했던 마음을 담아 시부모님댁에 언제 갈지 정하는 상황을 무패 방법으로 대화해보았다.

* 환경 조성

나 : 오빠 이번 주 일요일 12시에 친구가 집으로 놀러 온대. 잠깐, 어머님 생신 12월 달이었던 것 같은데 언제였지?

남편 : 잠깐만(핸드폰으로 달력을 확인하며). 다음 주인데? 너무 한다~! 나는 장모님, 장인어른 생신 다 기록해뒀는데.

나 : 나도 핸드폰에 기록했었는데! 아 어제 핸드폰 업데이트되더니 알림이 안 뜬 것 같아……. 어머님의 생신을 잊어서 미안해.

남편 : 알겠어. 그럼 언제 가지?

나 : 언제 가야 할지 지금 정해볼까?

* 1단계

남편 : 그래 좋아. 언제 가야 한다고 생각하는데~?

나 : 일요일에는 내 친구도 오랜만에 온다 하고 시간이 애매하네. 그러면 마음이 조급해져서 가기가 좀 그럴 것 같아. 다음 주에 가는 건 어때?

남편 : 그러네. 일요일은 애매하겠다. 다음 주는 엄마 생신 지나고 나서라 좀 그래.

나 : 다음 주는 어머님 생신이 지나고 난 뒤라 가기 좀 그렇긴 하다.

· 나의 욕구 : 어머님의 생신을 다음 주에 챙기고 싶음.

· 남편의 욕구 : 어머니의 생신을 이번 주에 챙기고 싶음.

* 2단계

나 : 여러 가지 방법을 생각해보자. 오빠 생각은 어때?

남편 : 그럼 토요일에 일 끝나고 가는 건?

나 : 토요일은 아침부터 일해서 피곤할 것 같아.

남편 : 나는 일요일 날은 친구도 온다 하고, 다음 날 출근해야 해서 나가기가 싫어.

나 : 맞아. 내 친구도 오랜만에 오기로 했고, 오빠는 출근하기 전 날 집에서 쉬고 싶은 마음이구나. 다른 의견은 없어?

남편 : 2가지 중에 하나 일 거 같아.

· 나의 의견 : 다음 주에 가기

· 남편의 의견 : 토요일에 내 일이 끝나고 나서 오후에 본가를 가기

* 3단계

나 : 그래. 그럼 2가지 중에서 어떤 날이 제일 좋을까?

남편 : 그나마 토요일에 가는 게 나을 것 같은데.

나 : 토요일 오후에 생신을 축하해드리러 가야 하는데 내가 피곤한 모습으로 가는 것도 죄송한 마음이 들 거 같아.

남편 : 나도 일요일엔 월요일 날 회사 가는데 늦게 와서 추운 바

깥에 차대는 게 싫어.

나 : 추운데 차를 바깥에 대기 싫은 거구나. 내가 피곤한 모습으로 가도 되겠어?

남편 : 이해해 주실 거야~! 그리고 가는 길에 내가 운전하니까 차에서 좀 쉬면 어떨까?

· 해결책들 평가 : 토요일은 내가 피곤함. 남편이 월요일 출근할 때 차가 추운 바깥에 주차되어 있는 것이 싫음.

* 4단계

나 : 알겠어. 내가 잊고 약속을 잡은 거니까 토요일 오후에 가면 괜찮겠지?

남편 : 응. 토요일 오후 좋은 것 같아~!

나 : 오빠는 토요일 오후가 좋을 것 같다 생각하는구나. 그래! 토요일 오후에 간다고 어머님께 전화드리자. 차가 밀릴 수도 있으니까 그럼 최대한 일을 빨리 끝내고 컨디션 좋게 갈 수 있도록 할게.

· 공통 의견 : 토요일 오후 내 일을 마치고 시댁에 가기

* 5단계

나 : 그럼 내가 오자마자 어머님 댁에 가려면 오빠가 미리 갈 준비를 해 놔야 돼.

남편 : 나 준비 한 다음에 찰떡이 준비도 해 놓을게.

나 : 시간대 봐서 분유 먹여야 하면 먹이고, 따뜻하게 옷 입혀줘. 기저귀나 장난감, 손수건, 물티슈도 필요해.

남편 : 그래. 미리 준비 다 할게. 퇴근하고 오기 전에 연락을 줘~!

나 : 응. 퇴근할 때 전화할게.

· 구체적 방법 : 내가 도착하기 10분 전에 찰떡이 기저귀 확인하고, 따뜻하게 옷 입혀 준비시킨 후 아기 짐(분유, 젖병, 보온병, 기저귀, 장난감, 손수건, 물티슈) 챙겨놓기

* 6단계 (시댁에 다녀온 후)

나 : 퇴근할 때 주말이라 차가 너무 막혀서 졸면서 왔어. 되도록 일하는 토요일엔 졸음운전은 위험하기도 하니까 약속을 잡지 않는 게 나을 것 같아.

남편 : 그래. 많이 피곤했나 보다~! 큰일 날 뻔했네. 나중에는 미리 일정들을 체크해 놓자~! 나도 저녁 늦게 가니까 가기 힘들었어.

나 : 알겠어. 찰떡이도 시댁을 오랜만에 가서 그런지 잘 놀긴 했지만 분유를 먹지 않아 걱정이었어~! 적응시킬 만한 방법도 찾

아보자.

남편 : 좋아! 미리 분유를 먹이고 가던지 생각을 해 보자.

· 결과 확인 : 가족행사들을 미리미리 체크하며, 일하고 온 날에는 약속을 잡지 않고 아기의 수유시간 후 가도록 하기

남편이 어머님의 생신을 잊은 나에게 화가 나거나 서운할 수도 있었던 상황이었다. 그러나 적극적 듣기로 남편의 욕구를 듣고, 무패 방법을 통해 해결하려 하였다. 잊었던 것에 대한 사과와 함께 나-전달법으로 의견을 조절해나가면서 무사히 지나갈 수 있었던 일이었다. 반대의 입장으로 남편이 만약 내 부모님 생신을 잊어버렸다면 나도 서운했을 것이다. 역지사지로 입장을 바꿔 생각해 보며, 서로 배려하고 이해해나가야겠다 느꼈던 가장 최근의 에피소드였다.

나는 연애시절부터 부모교육코칭전문가 자격과정을 배우기 전까지 화가 나면 회피하고 표현해서 풀어내지 못했다. 혼자만의 동굴 속으로 들어가 시간을 가지며 말하지 않았다. 그랬던 나의 모습에 남편은 정말 답답한 마음이 들었다고 한다. 부정적인 마음이 한결 수그러지고 이성적일 때 반대로 생각해보니, 남편이 말을 하지 않는다면 나 또한 답답했을 것 같다 여겨진다. 이제는 조금씩 표현하면서 달라지는 나를 보며 "화가 났을 때 말을 하지

않았던 예전보다 지금이 훨씬 낫다."라고 남편이 이야기하였다. 그리고 속이 시원하게 말해줘서 고맙다 했다. 이야기를 해야 무엇 때문에 갈등 상황이 일어났는지 인지하여 잘못된 부분을 고치려 노력할 수 있다고 하였다. 이제는 갈등이 생겨서 혹시 내가 말을 하지 않더라도 이해해주며 시간을 어느 정도 주려고 한다. 여러 대화법들을 통해 변화하는 모습이 눈으로 보이니, 배우지 않은 남편도 대화법들을 조금씩 인식해나가고 있다. 남편 또한 자연스럽게 나 전달법이나 비폭력 대화, 무패 방법을 쓰려고 하는 모습이 점차 생겨났다. 감정적으로 이야기하기 전에 먼저 생각하고, 자신의 욕구를 느낀다. 가시 돋친 말로 상처가 되지 않도록 함께 노력을 하고 있다. 나부터가 매번 내 마음을 인지하여 욕구나 감정의 이야기를 하려고 한다. 이렇듯 우리 부부가 시행착오를 겪어 나갔던 것처럼, 아직 미혼이거나 부부가 된 분들이 이 글을 읽게 된다면 공감할 수 있고 큰 도움이 될 것이라 생각한다. 여러분도 내가 많은 깨달음을 얻게 된 '나-메시지, 비폭력 대화, 무패 방법'의 대화법들을 통해 상대방과 소통이 변화됨을 느껴보면 좋을 것 같다. 타인을 넘어 독자 자신에게도 건강한 자양분이 되어 대화의 웃음꽃이 활짝 피어나길 간절히 바란다.

Part 6

남편, 나의 기적에게
말하다

탁혜경

프롤로그

2011년 1월, 몽골 울란바토르 시티 아파트 8층.

한적한 오후 시간, 내일 시험을 앞두고 현지어 공부에 집중하고 있는데 밖이 소란스럽다. "언니, 나와봐요~ 61기 천종(가명) 선배랑 창훈 선배가 왔어요!" 한국국제협력단 봉사단원으로 파견되어 현지 적응 훈련 중인 우리에게, 선배 기수 단원이 격려차 찾아온 것이다. 몽골에서 만나는 한국인이라니, 심지어 아직 이곳의 지리가 낯선 우리를 위해 두 손 가득 사 들고 온 한국의 먹거리들, 그리고 선배에게 눈인사를 제대로 해 여러 조언과 도움을 받을 기회이기도 한 지금은 내가 이 방문을 열고 나가야 할 여러 이유가 된다. 하지만 어쨌거나 다음날에 있을 현지어 시험이 너무 부담스러운 나머지 미동하지 않는다. '발 벗고 나서 환대하는 동기들이 있으니, 나 하나쯤 안중에 있겠어?' 하며 방문 너머 들려오는 활기찬 소리로 화기애애한 현재 상황을 직감할 뿐이다.

몽골에서, 심지어 선배 단원의 방문에도 내다보지 않던 나는 그에게 어떤 모습으로 비쳤을까? 아이러니하게도 그 선배 단원은 지금 나와 9년째 한집에서 살고 있다. 한국에서는 만날 수 없었던 부산 남자와 강원도 여자가 몽골에서 만난 것이다. 결혼 후 9년. 지금의 나는 그에게 또 어떤 모습으로 비치고 있을까? 서로의 존재를 알아보고 멀찍이서 바라본 시간, 소통하며 자신을 나눈 시간, 그리고 마음을 함께하며 지금까지 이어져 온 시간 동안 그가 느껴온 내 모습을 일컫는 표현은 '쉽게 다가설 수 없는 높이의 벽'이었고, '품어주고 싶은 벽'이다. 그건 아마도 대화 속에서 감정을 쉬이 드러내지 못하는 조심스러운 모습 때문이리라.

대화하며 소통하기를 좋아하는 나는 사실, 이제 와 돌아보니 대화의 방법을 잘 모르고 살아왔다. 하고 싶은 이야기를 열심히 나누지만, 정작 내 감정을 표현해야 할 때는 말하기를 멈추거나 화제를 돌려 버리곤 했다. 감정을 지혜롭게 말하는 방법을 몰랐고 그래서 불편해질 상황과 관계가 두려운 나는 결국 회피를 선택한 꼴이 되었다. 그랬기 때문이었을까? 사람들은 종종 나를 '친해지기 쉽지 않은' 사람이라고 표현하곤 했다. 그랬다. 나에게 깊은 관계는 선택적이었다.

이 책에는, 감정 말하기를 두려워했던 내가 나의 감정을 마주하고, 표현하고, 비로소 나의 욕구를 정중하게 부탁하게 되는 과정을 담았다. 그리고 상대방의 말을 적극적으로 듣고 공감하여 말하는 과정도 담았다. 이러한 과정이 가능했던 것은, 한국심리적성협회에서 만난 이주연 대표님의 부모교육코칭전문가 자격과정 덕분이다. 일과 육아와 학업까지 병행했던 내가 아이를 낳고 아무런 생산적인 일을 하지 못하고 있다는 자괴감이 들 무렵, 이 과정을 통해 나를 온전히 들여다보며 솔직하게 표현하는 것을 배우게 되었다. 그리고 이것은 경청하기와 공감 말하기로 이어져 안전하고 평화로운 대화를 끌어내는 힘이 되었다.

이 책에 담은 나의 대화 상대는 남편이다. 남편과의 대화 내용을 담은 것이다. 결혼생활 중 육아를 감당하며 들어갔던 외딴섬 이야기, 그리고 그곳에서의 탈출기를 담았다. 외딴섬을 탈출할 수 있었던 도구는 앞에 언급한 과정에서 배운 대화법이었다. 이전에 불안했던 나의 대화가 어떻게 안전한 대화로 바뀌어 가는지, 어떻게 유익한 대화로 성장해 가는지 나누고자 한다.

여기에 오기까지 이끌어주신 이주연 대표님과, 대표님과의 귀한 시간을 온전히 누릴 수 있도록 적극적으로 지지해준 나의 기적, 남편 박창훈 씨에게 깊은 감사를 드린다.

나에게 찾아온 기적

네 식구가 함께한 첫 가족여행에서

'독박'이 아닌 '독점'육아

우리 마을에서 나는 '하하 맘'으로 통한다. 일곱 살 아들과 두 살 딸을 키우고 있는데 그 이름이 하일이와 하이(가명) 이기 때문이다. 나는 전업주부임에도 하루를 온전히 잘 살았다고 하기에는 매일 아쉬움이 남고 부족하다. 내년에 학교에 들어갈 일곱 살 하일이의 취학 준비가 그렇고, 15개월 된 하이와의 놀이가 그렇고, 가족의 건강한 먹거리를 만드는 것이 그렇다. 얼마 전에 부모교육코칭전문가 자격과정을 시작해 14주를 달려왔는데, 내내 부끄럽고 가족에게 미안한 시간이었다. 이 과정을 접한 시기는, 그동안 일과 육아를 감당하면서 학업도 병행했던 시간을 지나, 둘째 하이를 출산하고 양육하면서 나 자신이 아무런 생산적인 일을 하지 못하고 있는 듯한 답답함에 마음이 어려운 시기였다. 아이의 엄마에게 육아만큼 귀하고 생산적인 일이 어디 있겠냐 마는, 이 시기는 직장맘이 전업맘으로 들어서서 한 번쯤 겪게 되는 과정인 것 같다.

아이를 누군가의 도움 없이 홀로 키우는 것을 보통 '독박 육아'라고 표현한다. 하지만 나는 이 표현이 참 불편하다. '독박'이라는 단어 뒤에는 '뒤집어쓴다'라는 타율적이고 부정적인 의미가 따라와, 하기 싫은데 어쩔 수 없이 당하는 느낌이 들기 때문이다. 육아를 억지로 하는 것으로 이해가 되기에 그렇다. 그러나, 누군가에 떠밀려 억지로 육아를 하는 엄마가 세상 어디에 있겠는가! 내 아이의 찬란하고 아름다운 이 시기를 누군가에게 맡기지 않고 '독점'하고 있을 뿐이다.

마침 이런 시기를 지나던 나에게, 특히 내 관심 분야인 부모교육코칭전문가 자격과정이라는 타이틀은 구미를 당기고도 남을 주제였다. 그러나 당시 하이는 갓 돌을 지난 아기였고 아직 모유 수유 중이라 내가 수업을 듣게 되더라도 집중하기 어려운 상황이었다. 이런 내 상황과 마음을 누구보다 잘 알고 있는 남편은, 재택 근무일을 이 수업이 있는 날로 고정해 아내가 수업에 몰입할 수 있도록 '아이를 맡아 주겠노라'라며 지지와 용기를 부어주었다.

그 지지와 응원에 힘입어 이 과정에 합류하게 되었는데, 수업 시간 외에도 많은 과제와 나눔을 감당해야 했다. 하지만 나는 아이를 재운 뒤에야 이것들을 수행할 수 있는데, 문제는 엄청난 하루를 감당하고 아이와 함께 잠이 들거나 수시로 깨는 아이의 수유를 감당하려니 따로 시간을 떼어 무언가에 다시 집중하기란 어렵고 힘든 날들이었다. 그렇게 어렵사리 14주를 달려왔고, 이곳에서 만난 인연으로 글쓰기에 초대되어 마음이 동하였지만, 무언가를 시작하기엔 아이들에게 집중할 수 없다는 자책에 선뜻 결정하기가 어려웠다. 하지만, 내 인생에서의 이번 겨울은 지나가면 다시 돌아오지 않으니, 이 시간의 나에게 충실해 보기로 하였다. 다만, 내 시간과 가족들을 위한 시간의 균형을 잘 이뤄가기를 바라며 노력하기를 다짐할 뿐이다.

국제협력단 선후배 단원 시절 몽골 바가노르에서

글을 쓰기로 하고 선 뜻 시작을 하지 못하고 있을 무렵, 한 주간의 삶에 지쳐 누워있던 나는 우연히 가수 이선희 님의 '그중에 그대를 만나'라는 노래를 듣게 되었다. "별처럼 수많은 사람들 그중에 그대를 만나 꿈을 꾸듯 서로를 알아보고… 그 모든 건 기적이었음을 … 내가 너의 기적이었다면"

나에게 남편은 기적 그 자체이다. 십 년 전 우리는 몽골에서 만났다. 당시에 국제협력단 봉사단원으로 몽골에서 활동하였고, 서로 다른 임지에서 열심히 봉사하며 소식을 전하던 사이였다. 그러면서 서로를 향한 마음을 각자 조용히 키워가기를 일 년여.

다시 만나 서로의 마음을 확인하던 날, "내가 좋아하는 사람이 날 좋아하는 것은 기적"이라는 동화 『어린 왕자』 속의 한 구절을 떠올리며 가슴이 벅찼더랬다. 그렇게 그는 나에게 기적이 되어주었다. 그리고 결혼 후에도 '생계 노동자라는 남성의 지위를 당연시하며, 보살핌의 노동은 여성의 몫으로 돌리는 인식이 가득한 이 사회에서' 남편은 고정된 성역할을 깨 주는 일관된 모습으로 여전히 나의 곁에서 기적으로 함께하고 있다.

그런 나의 기적은 누구 앞에서도 보이지 못하는 내 모습까지 드러내게 되는 존재가 되었고 나의 자유함을 있는 그대로 받아주는 존재가 되어주었다. 그러한 나의 자유함은 어느덧 순화되지 않은 민낯으로 남편을 대하고 있는 나를 마주하게 하였다. 습관이 되고 쉬이 고쳐지지 않는 이것은 성찰과 의지만으로는 부족한, '다른 무엇'이 필요했다. 가수 이선희 님의 노래를 들었던 그날 나는 나에게 기적이 되어준 남편을, 그리고 기적을 기적답게 대하지 못하고 있는 나를 떠올리며 마음 깊이 눈물을 흘렸더랬다.

나는 왜 감정표현이 서툴까?

필자의 유년 시절 3남매

나는 강원도의 농촌 마을에서 나고 자랐다. 나의 할아버지는 6·25 전쟁 때 자녀들과 월북하셨다. 그 길을 함께 나섰지만, 만삭인 몸으로 미처 뒤따르지 못하셨던 할머니께서는 손에 잡고 있던, 그 당시 어린아이였던 내 아버지를 홀로 키워내셨다. 할머니는 전쟁통에 사산의 고통을 겪은 과부의 몸으로 아이를 키우며 논밭을 늘리셨고 아버지는 전쟁의 폐허로 초가가 되었던 집을 할머니가 돌아가시기 전에 편히 모시겠다며 마을에서 1호로 양옥집을 지어 할머니를 모셨다. 엄마는 인근 마을에서 자영업을 하는 넉넉한 집에서 장녀로 곱게 자라셨고, 중매로 아버지를 만나 농촌에 시집을 오셨다. 농사일 자체가 매우 힘들기도 하지만, 넉넉하지 않은 형편으로 3남매를 키우려니 하루하루의 삶이 얼마나 고되셨을까? 학교를 쉬는 날이면 오빠들은 부모님을 따라 논과 밭에서 함께 일하기도 했고, 그렇게 혼자 남겨진 나는 집안에 쌓인 빨래나 청소를 담당하기도 했다. 물론 신데렐라나 콩쥐처럼 많은 일을 한 것은 아니고 어린 나이에 즐겁게 감당할 정도였다. 해가 뉘엿뉘엿 저물어 갈 즈음 집으로 돌아온 어머니는 그날의 상태에 따라 어린 딸을 대하는 모습이 달라지셨으리라.

"어이구 우리 딸이 청소를 다 했네? 이렇게 깨끗하게 하다니, 이제 다 컸구나!" 하며 어린 딸의 마음을 북돋워 주시는가 하면, 어떤 날은 "빈 밥솥에 물을 가득 받아놔야 밥알이 불어서 설거지를 하지. 왜? 숨이 차서 다 못 받았니?" 하며 한숨 섞인 핀잔을 던지신다. 삼십여 년이 지났을 법한 이 표현이 지금도 생각나는 걸 보면, '그 큰 빈 밥솥에 받아놓은 물이 아깝게 버려지는 것이 마음에 걸려 물 받기를 멈췄던' 내 속내를 이해받지 못해 많이 속상했던 것 같다. 또 어느 날엔 쌀을 씻고 있는 엄마 곁에서 학교에서 배운 이야기를 종알종알 이야기했다.

"엄마. 쌀을 씻을 때 너무 세게 씻으면 쌀눈이 떨어져서 밥이

영양가가 없어진대요."

"아, 그렇구나. 좋은 거 배웠네. 우리 딸이 선생님 말씀을 잘 기억하는구나?" 하며 사소한 것으로 딸을 치켜세워주시는가 하면, "엄마, 오늘은 빨래하는 것에 대해 배웠는데, 빨래를 헹굴 때는 따뜻한 물로 헹궈야 더 깨끗하게 헹궈진대요." 신나게 이야기하며 엄마의 반응을 기대하는데, "도대체 누가 따뜻한 물로 빨래를 헹구니?" 하며 따뜻한 물이 귀했던 시절의 아쉬움을 어린 딸에게 퉁명스럽게 뱉어내기도 하셨다. 비단 엄마뿐이었을까? 학교에서 만나는 선생님들, 이웃과 곳곳에서 만나는 어른들까지…. 내 기억 속의 어른들은 현시대를 살아내는 어려움을 대화 속에 그대로 녹여내며 지적과 평가로 일방적인 대화를 하고 계셨다.

나는 그렇게 기대와 다른 반응을 경험하면서 눈치를 보게 되었던 것일까? 나의 표현이 틀리지는 않을지 걱정하면서 표현하기를 주저하게 되고, 그렇게 나는 내 감정에 솔직하지 못하게 되었던 것은 아닐까? 나를 터놓는 관계란 선택적으로 되었고, 대화가 시작된 자리에서도 감정을 표현해야 할 때가 되면 말하기를 멈추거나 어색하게 화제를 돌리려 애를 썼으며, 내가 말할 차례가 되기 전에 자리를 피하기도 하였다. 대화가 두려웠던 나의 이런 모습은, 서글프게도 상대방을 무시하거나 거부하는 것으로 오해를 받으며 관계의 어려움을 겪기도 하였다.

아버지는 어떠셨을까? 갑자기 아버지와 형제를 잃고 홀어머니의 세상 전부가 되어 애지중지 자라시다가, 결혼하여 자식을 낳아 어머니를 함께 부양하는 가장이 되니 그 어깨가 얼마나 무거우셨을까? 물려받은 재산도 없이 삶터와 전답을 일구며 삼 남매를 키워내신 아버지를 나는 진정 존경한다. 그 인생의 무게와 고됨이란, 내가 평생에 깨달을 날이 올까?

나의 아버지는 유쾌한 분이다. 평소엔 진중하시지만, 당신이 우스워지더라도 그 자리를 즐겁게 하려는 마음으로 대화를 이끌곤 하신다. 그러나 가정에서 감정이 틀어지시면 무섭게 화를 내시는 모습에 어린 나는 혼란스러웠다. 엉클어진 상황을 대할 때면 그것을 받아들이고 해결책을 간구하는 어머니와는 달리, 자신의 상한 감정을 화로 호소하시는 모습이 안타까웠다. 어쩌면 이것은 그간의 고됨이 묵히고 묵혀졌다가 한순간의 화로 터져 나오는 것은 아니었을까? 전쟁 후에 폐허가 된 삶터를 일구어낸 생활력, 홀로 된 어머니께 손수 집을 지어 생전에 모시고야 만 효심, 이웃에게 아낌없이 나누시는 정 많은 진정 존경스러운 나의 아버지. 그러나 감정을 올바르게 다스리지 못하던 모습이 이토록 기억에 남고 불편한 것은, 가장 아끼고 보호해야 할 아내에게 묵힌 감정을 다 쏟아내시던 젊은 시절의 모습을 내가 닮고 싶지 않았던 이유였으리라.

어느덧 성인이 된 나에게서는 애석하게도 어린 시절 아버지의 모습이 보이기 시작했다. 무엇보다 내 인생의 기적인 남편을 기적답게 대하지 못하는 나를 보면서 나는 이런 내가 너무 싫어 슬프고, 바뀌지 않는 내가 절망적이기도 했다. 이러한 나의 모습을 들키지 않으려고 밖에선 더욱 감정을 숨기게 된 것은 아니었을까? 그러면서 어려운 관계는 피하거나, 피할 수 없는 관계에는 내 감정을 억눌러 무시하려고 애를 썼고, 더는 피할 수 없는 나의 감정은 혼자 울며 밤을 지새우게도 했다. 그렇게 눌리고 눌렸던 나의 마음은 '나를 있는 그대로 받아주는 남편' 앞에서 봉인해제되어 터져버리곤 했다.

지금의 내가 그때의 그 순간으로

결혼식 퇴장 장면

우리는 윤리적인 결혼식을 추구했다. 새집이거나 깨끗하게 인테리어 공사를 마친 집이 아니더라도 신혼부부인 우리가 산다면 그곳이 신혼집이요, 비싼 예물이 아니어도 우리의 결혼관을 담은 반지 하나라면 그것으로 충분했으며, 화려한 리허설 촬영이 아닌, 결혼을 준비하는 그 시절의 모습을 간직할 스냅사진 몇 장이면 만족하였다. 내가 주인공인 화려한 결혼식보다는 준비하는 과정까지 지구를 생각하고 공동체와 함께하는 결혼식이길 바랐다. 재생용지에 콩기름으로 인쇄하여 받는 이들의 건강까지 생각한 청첩장, 하객들이 대중교통을 이용하여 찾을 수 있는 곳에 위치한 결혼식장, 결혼식 이후에도 입을 수 있는 예식 복과 식을 마친 후 화분에 옮겨 심어 기를 수 있도록 뿌리를 살려 제작한 부케와 부토니에, 그리고 -우리의 결혼생활이 심긴 곳에서 열매 맺는 삶이기를 소망하며- 나무로 만든 반지 등이 그렇다. 이러한 결혼식의 풍경은, 2년 6개월의 해외 봉사를 마치고 한국에 돌아올 날을 기다리면서 '결혼식에 어떤 스타일의 드레스를 입을까'를 생각하며 인터넷을 찾아보던 나의 모습에서는 상상할 수 없는 모습이었다. 남편의 건강한 이상에 동의하며 나의 관점을 함께한 기적이기도 했다.

그런데 결혼식 당일 나는 터져버리고 말았다. 관심 분야의 학문을 사이버대학에서 추가로 공부하고 있던 때라, 결혼식을 마치고 나는 마지막 학기의 중간고사를 치러야 했다. 남편은 여러 사정을 고려해 어떻게 시간을 보내면 좋을까 마음을 나누었지만 나는 '그냥 아무것도 하지 말고 편안한 시간을 보내자'라고 했다. 그런데 정말 아무것도 하지 않을 줄이야! 지금 다시 생각하고 글로 적어 세상에 공개하려니 너무 부끄럽고 창피하지만, 나는 화를 내고 울어버렸다.

"정말 아무것도 안 해요?"

"어떻게 이럴 수 있죠?"

"이게 뭐냐고요! 평생 잊지 못할 거예요!"

남편은 그저 당황하고 놀랄 수밖에 없었을 것이다. 지금까지 결혼을 준비하는 과정 하나, 하나를 함께 했고, 서로를 존중하며 의견을 나눠왔는데, 그때의 나는 왜! 결혼식 후의 시간을 남편이 책임지기를 바랐을까? 남편은 그저 '편하게 쉬자'라고 한 나의 의견을 존중해 주었는데, 왜 나는 그렇게 뒤늦게 아쉬워하고 속상해하며 남편에게 모든 책임을 전가하듯 화를 내었을까? 그런 나를 보며 남편은 무슨 생각을 했을까? 그날의 남편은 아무 말도 하지 않고 나의 아쉬움과 화를 다 받아주며 나를 기다리고 안아주었다. 그것이 그의 언어였다.

그때의 나는 어떻게 해야 했을까? 애초에 '그냥 아무것도 하지 말자'라는 고맥락적 문화의 언어를 사용하지 말았어야 했지만, 정말 아무것도 하지 않고 있는 것에 실망감이 들었을 때 그 마음을 어떻게 표현해야 했을까?

"오늘 우리의 결혼식에 많은 분 들이 오셔서 축하해 주시니 정말 감사하네요.
기존의 결혼식 형태에 우리만의 시도를 추가해 보니 다들 신선하게 느끼신 것 같고, 무엇보다 아쉬움이 남지 않아 좋네요. 그대는 어땠어요?
우리의 인생에 큰일을 하나 치렀네요, 그대 수고 많았어요. 앞으로 다가올 많은 일을 그대와 함께 치러갈 것이 기대되어요.
이렇게 결혼식을 치르고 시험까지 치르고 나니 홀가분하면서 마냥 쉬기에는 너무나 아쉬운데, 그대는 어떤가요?
어디에 좀 나가볼까요?"

이렇게 나의 감정을 올바르게 관찰하고 욕구를 인식해 그것을 진솔하게 표현하는 과정을 거쳤더라면 얼마나 좋았을까? 그날 그 순간의 아쉬움을 그의 책임으로 묻지 않고 그 시간에 함께 할 수 있는 것들을 찾아 제안해 보았더라면 그 시간은 또 얼마나 행복했을까.

내가 살았던 외딴섬 이야기

이불 빨래를 하고 밖에 너는 남편과 그 속에서 노는 아이들

결혼 후 5년 동안 우리는 맞벌이 부부였다. 남편은 서두에 이야기했듯이 남성과 여성의 일을 나누지 않고 가사며 육아를 함께 잘해오고 있다. 하지만 성향상 섬세함이 아내와 차이가 있어 미리 발견하고 완벽하게 처리하기를 기대하지는 못하지만, 내가 요청하는 일에 있어서는 힘이나 기술이 부족한 나보다 멋지고 훌륭하게 일을 처리해 준다. 부부의 일 뿐만이 아니라 처가의 일

까지 언제나 진심으로 생각하며 처리해 주는 남편에게 늘 고마움과 존경의 마음이 가득하다.

첫아이 하일이를 낳아 기르던 시절, 남편은 편도 한 시간 반의 거리를 출퇴근하였다. 새벽같이 하루를 시작해 고된 업무를 마치고 늦은 저녁 시간이면 다시 집으로 출근하는 격이었다. 그 당시 우리는 한 방에서 아이와 함께 잠을 잤다. 방이 많지도 않았거니와 다른 방이라고 해 봐야 벽 하나 사이였다. 신생아인 하일이는 밤에 여러 번 깨어 수유를 감당해야 했고, 부모가 처음 된 우리는 '아이가 왜 우는지' 매일 어려운 밤을 보내야 했다. 남편의 "밤이 오는 것이 두렵다."라던 웃음 섞인 고백이 아직도 기억에 선하다.

다섯 살 터울로 둘째 아이 하이를 낳았다. 이제는 남편의 숙면과 직장에서의 안정된 업무를 지원해 주고 싶은 마음에 남편은 하일이와 안방에서 자고, 나는 하이와 건넛방에서 자기를 제안했다. 여전히 하이도 밤마다 여러 차례 깨지만 하일이 때와는 다르게 각 방의 사이에는 거실이라는 공간이 존재한다. 그리고 이제 두 아이의 엄마인 나는, 건넛방의 남편이 아이의 울음소리를 듣고 깨기 전에 아이의 숨소리만으로 밤중 수유를 할 수 있는 만렙의 수유부가 되었다. 그렇게 우리 가족의 평화로운 밤을 유지할 수 있었다.

그러나 '우리 가족'의 평화로운 밤에서 '나'는 빠져있었다. 수유를 하는 나는 수시로 배가 고팠다. 심야에 간식이라도 앞에 두고 있노라면 '간식을 사이에 두고 남편이 마주 앉아 나를 바라보며 하루의 이야기를 들어주면 얼마나 좋을까?', '그의 하루를 들려주면 얼마나 좋을까?', '아름다웠던 아이들의 하루를 남편에게 들려줄 수 있다면 얼마나 좋을까….' 하는 아쉬움이 가득한 순간이다. 하지만 안방 문 너머 남편의 고되었던 하루를 짐작할 수 있는 코 고는 소리만이 적막을 깰 뿐이다. 그랬다. 남편은 첫째 하일이의 출산 시기와 다름없이 둘째 하이를 출산하고도 회사에서 퇴근하면 다시 집으로 출근하고 있다. 365일 약속 없는 삶으로 일을 마치면 부지런히 집으로 돌아와 아이를 안아주고, 씻겨주고, 놀아주고, 책을 읽어주며 함께 잠이 든다. 사실 남편은, 하일이를 재우기까지 그렇게 불나방처럼 최선을 다해 몸을 불사르고 아들과 함께 잠이 든 건데, 그 노고를 누구보다 잘 알기에 감동하며 감사한 것이 사실인데, 어느새 나는 또 내 상황에 빠져 버리고 만다. 내가 기억하는 그 시절의 아버지처럼.

남편이 귀가할 시간이 되면 나는 요리를 한다. 하루에 한 번 가족이 함께 모인 저녁 식탁을 위해 정성껏 음식을 마련한다. 그렇게 모인 식탁에서 나는 몇 술이나 떴을까? 둘째 하이가 울기 시작하면 들고 있던 숟가락을 놓고 들어가 수유를 하고, 그렇게 아이를 재우다 보면 그때부터 나의 고립은 시작이 된다. 나는 '이 방'이라는 섬에 덩그러니 놓여 '우리 가족'과 분리되었고, 가족 모두가 그것을 당연히 여기며 그렇게 고립되어 갔던 것이다.

"그대가 편안히 통잠을 자니 잠 못 자는 아내의 고충은 모르는 거죠? 안방에 있으니 우리 방 사정은 안중에도 없나 보네요. 중문 없이 현관과 마주한 우리 방에는 한기가 그대로 들어온다고요! 나는 아이 젖 먹여 누이느라 무방비상태인데, 방에 들어가기 전에 한번 들여다보고 이불 좀 덮어주면 안 되나요? 어떻게 그렇게 관심이 하나도 없어요? 아내가 수유하느라 늘 배고픈 걸 누구보다 잘 알잖아요? 먹을 게 있는지, 챙겨 놓을 건 없는지 한번 돌아보고 챙겨줄 수 없어요?"

나는 그렇게 내 마음의 고립감을 현실 투정으로 남편에게 쏟아부었다.

이러한 시기를 지낼 무렵 부모교육코칭전문가 자격과정에 참여하게 된 것이다. 과정 중에 I message, 비폭력 대화, 무패 방법 등을 공부하였는데, 그것은 성찰과 의지만으로는 부족한, '다른 무엇'이 필요했던 내게 그 무엇이 되어 남편에게 쏟아부었던 감정들을 바른 언어로 바꾸는 힘이 되었다. 그 힘을 빌려 아이들을 재운 뒤 남편에게 대화를 요청한 나는 나의 감정을 나누어 보았다.

"나 요즘, 조심스럽지만 이혼하는 사람들이 이해돼요. '아, 이래서 이혼하는구나' 싶어요. 우리는 함께 살고 있지만, 따로 사는 것 같은 느낌이 들거든요. 이른 저녁 시간에 하이를 재우러 방에 들어오면서부터는 이 방이라는 섬에 고립되는 것 같은 느낌이 들어요. 하이를 재우면서 지쳐 잠이 들었다가도, 다시 깨서 수유하고 나면 모두 잠든 이 집에서 나는 종종 혼자 깨어 있어요. 그대의 이야기를 듣고 싶기도 하고, 내 이야기를 하고 싶기도 해요. 그대가 회사에서 온종일 바쁘고 힘들게 일한 걸 생각하면 오히려 내가 그대를 돕고 싶은데, 여전히 나는 그대의 도움이 많이 필요하네요."

"하이가 젖을 물고 자니 완전히 잠들기 전까지는 내가 움직이지 못하잖아요. 그대가 한번 들여다 봐주면 나는 그대에게 여전히 관심을 받는 느낌이 들어 기분이 좋을 것 같고, 그대가 블라인드를 내려주고, 이불도 덮어주면 나는 그대에게 보호를 받는 느낌이 들어 안정감을 느낄 것 같아요. 불이 켜진 채 잠이 들면 불도 꺼주고, 방문도 닫아주면 좋겠어요. 그러면 조금이라도 편하고 따뜻하게 잠을 잘 수 있을 것 같아요."

남편에게 이야기하는 이 과정을 위해 나의 감정을 마주하여 욕구를 정리하였다. 그렇게 나는 내 상황과 감정을 조심스럽게 표현하고, 내가 필요로 하는 것들을 구체적으로 부탁할 수 있었다. 그 후로 남편은 저녁 시간이면, 하일이와 함께 수유하고 있는 나에게 찾아와 볼에 입을 맞추며 굿나잇 인사를 한다. 잠들었다가 회사 일 때문에라도 다시 깨면 나를 찾아와 이런저런 이야기를 하려고 노력한다. 이런저런 이야기라는 것이, 서로가 잠에 취해 화자도 청자도 이해하지 못하는 중언부언일 때도 있지만, 우리는 그것으로 '서로를 사랑하고 서로에게 사랑받고 있음'을 확인하게 된다.

말하지 않아도 알아요?

이웃과 함께한 하하맘표 브런치

나는 한 끼 식사에 진심인 주부이다. 배가 고프고 맛있는 걸 먹고 싶다는 이유로 손쉽게 차릴 수 있는 반조리 식품이나 배달해 주는 맛집의 요리를 선택하기보다, 건강하게 재배한 재료를 직접 골라 화학조미료를 사용하지 않고 정성스럽게 요리한 따뜻한 한 끼를 가족에게 먹이고 싶다. 물론 맞벌이였을 때는 어려웠지만, 전업주부인 지금은 그것이 일과의 중요한 부분이 되었다.

하일이가 아기였을 때는 엄마가 같은 공간에 있다면 혼자 책을 보거나 놀이를 해서 집안일을 하는 것이 그리 어렵지 않았는데, 하일이와 성향이 많이 다르게 태어난 하이는 엄마의 관심을 끊임없이 요구해 맞벌이였을 때와 못지않게 집안일에 시간을 내기가 쉽지 않다. 설거지하는 엄마에게 매달려 바지를 벗겨 내리는가 하면, 아파트가 떠나갈 듯한 큰 소리로 엄마를 불러대고, '밖에서 듣고 학대 신고를 하는 것은 아닐까?' 싶도록 대단하게 울어댄다! 그렇게 어렵사리 준비된 저녁 식탁에 둘러앉아, '오늘도 우리가 함께 앉아 식사를 할 수 있는 것에 감사'하고, '이렇게 건강한 먹거리가 우리에게 오게 된 것에 감사'를 하며 식사를 시작한다. 허기진 하루를 달래느라 너도나도 숟가락과 젓가락을 바삐 움직이는데, 나는 무언가 아쉬운 마음에 "하일아 엄마가 만든 이 음식 어때?", "그대는 어때요? 맛이 괜찮나요?" 하며 물어보게 된다. 그러면 때마다 하일이는 엄지를 척 내밀며 "맛있어요", "최고예요."를 말해주고, 남편도 "진~짜 맛있어요!"로 화답해 주지만, 매번 이런 패턴이 계속되니 내 기분이 그리 좋지는 않다. 먼저 말해주기를 바랐던 것이다. 인정받고 싶었던 것이다. 가족을 생각하며 수고한 마음, 정성을 가득 담아 사랑 내가 솔폴 나는 요리를 만들어낸 엄마와 아내의 사랑. 그것을 알아주고 먼저 표현해 주기를 바랐던 것이다. 물론 엄마는, 아내는, 아이와 남편이 바쁘게 수저를 움직이며 입속에 쏙쏙 넣어가며 정신없이 먹어가는 그 모습을 보면 내가 먹은 것, 마냥 배가 부르다. 신기한 마법 같은 일이다. 하지만 오늘은 달랐다. 나의 감정을 관찰하고 욕구를 정리하여 가족에게 요청할 때가 된 것이다.

“하일아, 오늘 엄마가 한 요리 어때?”

“맛있어요. 최고! 엄마는 요리 대장이라니까~”

“어머~ 하일이에게 칭찬받으니까 엄마 기분이 정말 좋구나~”

“그대는 어때요? 입에 맞아요?”

“네, 국물이 정말 시원하네요. 요리도 맛이 정말 좋아요.”

“다행이네요, 많이 드세요.”

“그런데 하일아! 엄마는, 엄마가 물어보기 전에 하일이가 먼저 이야기해 주면 기분이 더 좋을 것 같아. 하일이가 맛있게 먹는 모습을 생각하며 엄마가 열심히 요리했는데, 하일이가 먼저 기쁘게 말해주면 엄마는 ‘아, 오늘 요리도 성공!’하며 기분이 날아갈 것처럼 좋을 것 같아.”

“그래요? 알았어요 엄마. 다음번에는 내가 먼저 말해줄게요!”

“그대가 첫술을 뜨고 맛이 어떤지 내게 말해주면, 요리해놓고도 ‘맛이 없으면 어떡하지?’ 하는 염려가 금세 사라지고 안심이 될 거예요. 그리고 오늘 저녁의 내 수고가 인정받는 느낌이 들어 기분이 정말 좋을 것 같아요,”

“알았어요, 기억할게요.”

사실 이렇게 말하기 전에, "좀 먼저 말해주면 안 되나요? 매번 물어봐야 해요? 요리해 주고 먼저 물어보는 거, 그거 생색내는 거 같아 얼마나 민망한 줄 모르죠?"라고 외치고 싶었으나, '배운 대로 살아가기!'를 마음속으로 외치며 나의 감정과 욕구를 차분히 표현하기로 한다.

그동안의 나를 돌아보면, 작은 상황에 예민하게 반응하고 그 감정을 어쩔 줄 몰라 했던 것 같다. 이것을 고치려면 엄청난 결단과 어마어마한 노력이 필요할 것 같아 선뜻 엄두를 내지 못했다. 사실 어쩌면, 감정이라는 것을 모르고 살았을 나는, 대화법을 공부하면서부터 구체적으로 나의 감정을 관찰하게 되었다. 그리고 실제 대화에 감정을 넣어 표현하니 대화가 안전하고 평화롭게 진행되는 것을 경험하게 된다.

나의 기적과
우리의 기적에 대하여 말하다

조산원에서 찍은 우리의 첫 가족사진

출산의 원안_ 자연주의 출산

우리는 하일이를 자연주의 출산으로 만났다. 세상에는 여러 가지의 출산 방법이 있고 그 모든 방법은 숭고하며 아름다운 과정이라고 생각한다. 우리는 우리의 가치관과 고민을 토대로 병원에 가지 않고 조산원에서 출산했다. 의료진 중심의 출산이 아닌, 산모와 아기 중심의 출산으로 의료적 개입을 받지 않고 자연 그대로의 출산 과정을 겪기 위해서이다. <산부인과 굴욕 3종>이라고 불리는 것들을 하지 않고 산모의 몸은 존중을 받았으며, 촉진제나 무통제 주사를 맞지 않고 하일이가 엄마에게 보내는 신호를 자연 그대로 느끼며 아이를 존중하였다. 진통 시 장소와 자세를 자유롭게 누리며 출산과 회복까지 한 방에서 안정되게 누린 나는, 하일이가 세상에 나온 후 몸조리를 하는 동안 한순간도 아이를 떼어놓지 않고 같은 방 같은 자리에서 함께 지냈다. 눈을 뜨면 바로 엄마를 마주할 수 있었던 하일이는 잠에서 깨면 울음이 아닌 미소로 엄마와 아빠를, 그리고 할아버지와 할머니를 대한다. 8살이 된 지금까지.

하일이와 다섯 살 차이인 하이는 지역의 산부인과 병원에서 출산했다. 병원에서는 자연주의 출산을 추구하는 나의 출산 계획서를 존중해 주었기에 하일이 때와 동일하게 3종 처치와 주사제 투입을 실행하지 않았다. 그리고 모자 동실을 선택해 산모가 직접 아이를 보살필 수 있도록 배려해 주었다. 다만 '신생아의 체온관리를 위해 지정된 시간 동안은 인큐베이터에 있어야 하며 이 시간은 꼭 지켜야 한다.'는 것이 병원의 방침이라 따르게 되었다. 그래서 하이는 어쩔 수 없이 태어난 지 얼마 되지 않아 엄마와 분리되어 (아마도) 큰 소리로 울어야 누군가 들여다 봐주는 -낯설고 불안한 공간-에서 이 세상을 인식하게 되었으리라.

하일이는 참 온순하고 순종적으로 자랐다. 먹여주는 대로 무엇이든 잘 받아먹었고, 엄마가 읽어주는 어떤 책도 즐겁게 들었으며, 한번 잠이 들면 업어가도 모르게 깊고 길게 푹 잔다. 잘 먹고 잘 잔 이유일까? 8살 하일이의 키는 10살 형들의 키를 웃돈다. 하일이는 생각이 참 바르고 마음이 예쁘다. 타인을 대하는 태도에서 배려심이 절로 느껴지고 따뜻함이 묻어난다. 하일이에게 간식을 내어주면 "나는 이만큼만 먹을게요, 이건 아빠 거 남겨 주세요"하며 제 몫의 일부를 떼어놓고, 산책이나 바깥 놀이를 나가서 아무렇게나 버려진 쓰레기를 보면 얼른 달려가 주워 우리 가족은 의도치 않은 플로깅을 하게 되기도 한다. 동생이 떼를 쓰며 물건을 집어던져 엄마를 당황하게 하면 "하이가 아직 아기라 잘 몰라서 그런 거예요" 하며 동생의 변호를 담당하기도 하며, 수유하는 엄마의 발을 만져보고 차가우면 입김을 호호 불어주다가 고사리 같은 손으로 주무르고 양말을 신겨준다.

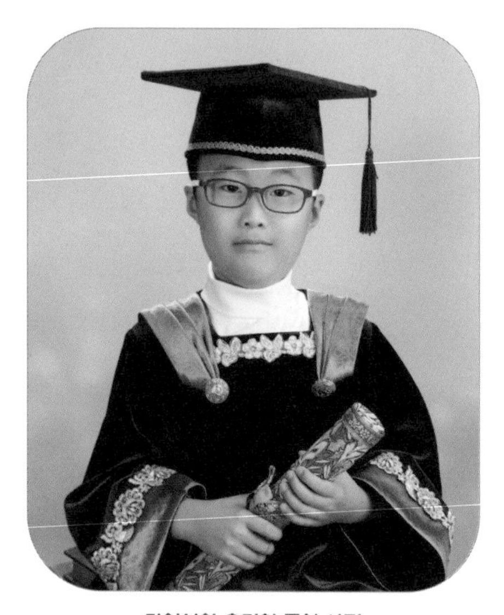

하일이의 유치원 졸업 사진

하일이가 7살인 무렵, 우리 부부는 하일이의 취학 형태를 고민하게 되었다. 취학에도 여러 가지 형태가 있고 그것은 각 가정과 아이에 따라 다른 방법들로, 그들에게 최선이 될 것을 안다. 우리는 우리의 관점과 소망을 담아 고민을 시작하게 되었다.

우리 부부에게 떠오르는 '학교'라는 곳의 첫 번째 이미지는 '경쟁체제 그룹'이며 더불어 '정답을 추구하는 기관'이다. 세상이 많이 달라졌고 학교라는 곳도 그러하겠지만, 우리 부부는 정답을 찾는 경쟁에서 조금 떨어져서 아이를 더 편안하고 자유롭게 자라게 하고 싶은 마음이 크다. 그래서 함께 고민을 나누기 시작했고, 책을 찾아 공부하는 과정에 '자녀교육의 주체는 정부나 지방자치 단체가 아닌 부모이어야 한다.'라는 주장에 동의하였고, 그 동의는 '홈스쿨링이 공교육의 대안이 아닌 태초에 디자인된 교육의 원안'이라는 사실에 도달하게 되었다. 그래서 우리 부부는 하일이의 진로를 홈스쿨링으로 결정하게 되었다.

하지만 우리에겐 여러 가지 고민이 남아있었다. 당시 우리 부부는 홈스쿨링에 관한 공부를 많이 하지 못한 상황이었고 그래서 우리 부부가 홈스쿨링으로 하일이를 잘 키워낼 수 있을지에 대한 두려움이 컸다. 하지만 하일이를 낳기 전후로 계속 일을 하였고, 하일이에게 최선을 다하지 못했다는 후회가 남는 나는, 이 두려움으로 홈스쿨링을 포기한다면 또 언젠가는 하일이에게 크게 미안할 날이 오거나, 나 자신도 평생에 후회할 날이 올 수 있겠다는 생각이 들었다. 또 한편으로는, 빠르면 하이가 네 살이 되는 해엔 다시 일을 시작하려고 준비하는 중이었던 내가, 홈스쿨링을 하면 당분간이 아닌 장기간 일을 하지 못할 것이며, 이것은 나의 직업인으로서의 가치와 개발에 진전이 없을 것이라는 두려움으로 다가왔다. 하지만 가정에 경제적으로 보탬을 주며 개인적으로 개발시켜줄 나의 일은 내 대에서 끝이 나지만, 홈스쿨링으로 하일이를 건강하게 잘 키워내면 하일이와 그다음, 그다음 대에까지 이르러 우리의 다음 세대를 건강하게 세우는 힘이 되겠다는 꿈과 확신이 생겼다. 그래서 우리는, 같은 고민을 대화로 풀어내 보기로 하였다.

대화의 원안_ 안전한 대화

하일이 출산 전 만삭 여행 사진

남편에게 '홈스쿨링을 잘 해낼 수 있을까?' 하는 공동의 고민을 대화로 풀어나가기를 제안하면서, 이 대화에서 나는, 적극적 듣기와 공감 말하기를 사용해 대화를 진행하기로 마음먹었다.

나: 우리가 하일이의 진로에 같은 마음으로 고민하며 방향을 찾아가고 있다는 것이 감사하네요. 같이 고민하고 함께 공부해 줘서 고마워요.
그: '우리의 하일이'잖아요. 나도 우리가 같은 마음인 것이 감사해요.
나: 그대는 우리가 홈스쿨링을 하기에 어떤 것이 걱정되나요?
그: 나는 회사에 출근하고, 아내가 온종일 아이들과 함께하며 거의 모든 것을 감당해야 하니, 너무 큰 짐을 아내에게 지우는 것 같아 많이 미안해요.
나: 우리가 함께 결정한 홈스쿨링에 그대도 함께하고픈데, 그렇지 못할 현실이라 내게 미안한 거군요?
그: 그래요. 내가 어떻게 함께할 수 있을지, 얼마나 아내의 짐을 덜어줄 수 있을지 고민과 걱정이 함께 되네요.
나: 그런 고민을 나눠줘서 고마워요. 그렇다면 홈스쿨링에서 아빠가 감당할 수 있는 시간을 먼저 생각해 볼까요? 그대는 언제 하일이와 함께해줄 수 있을까요?
그: 저녁 시간과 주말에 함께 할 수 있죠. 그런데, 사실 지금도 저녁 시간을 온전히 함께하지 못하는 때가 많아서 자신 있게 약속하지 못하는 상황이라 조심스럽네요.
나: 그렇네요, 팀장으로 진급한 이후로 일이 더 많아져서 저녁에 퇴근해 집에서도 일하는 날이 많아지고 있죠. 많은 일을 감

당하느라 힘이 들었을 텐데, '가족과 함께하고픈 부담을 안고 미안한 마음을 갖고 있다'니 고마우면서 한편으론 마음의 짐을 안고 있는 그대가 안쓰럽기도 하네요.

남편의 말에 적극적 듣기와 공감 말하기를 반영한 이번 대화에서는, 상대방의 생각에 집중할 수 있고 그래서 공감이 잘 되는 것을 경험하게 되었다. 앞으로의 대화에서도 상대방이 말한 내용을 그대로 확인하는 것에 그치지 않고, 그러한 상대방의 상황을 공감하여 말하며 '내가 이해하고 있다'라는 메시지를 지속해서 표현하였다.

나: 그런데 직장인이 일하지 않을 수도 없고, 어떻게 하면 좋을까요?

그: 음. 고민하고 있었는데, 퇴근할 때 노트북을 가져오지 않을 생각이에요.

나: 하일이와 시간을 함께하기 위해서 노트북을 집에 가져오지 않겠다는 거죠? 와, 획기적인 제안에 놀랍네요! 그대의 고민한 흔적이 그대로 느껴져 감동적이고요. 하지만 마무리하지 못한 일은 어떻게 하죠? 직장에 피해를 주면 안 되잖아요.

그: 그래서 아침에 일찍 출근하려고요.

나: 저녁에 집에 와서 또 일하면 몸도 피곤하고, 아이와도 시간

을 보내지도 못하니 과감하게 저녁 시간은 가정에 확보하고 대신 출근을 더 일찍 하겠다는 뜻이군요?

그: 네, 맞아요.

나: 그럼 너무 힘들지 않겠어요? 하일이의 홈스쿨링도 중요하지만, 아빠의 건강도 정말 중요하잖아요. 너무 무리하지는 않았으면 좋겠어요.

그: 나도 아내처럼 나중에 아이에게 미안해하지 않고 후회하지 않기 위한 노력을 해보려고 해요.

나: 그대도 아이에게 멋진 부모로 기억되고 싶은 거군요. 그대의 마음과 노력을 응원해요! 하지만 상황에 따라 모양은 달리 할 수 있으니 무리되지 않는 선에서 함께 하기로 해요. 마음을 함께하고 결단해 주어서 고마워요.

그: 네. 나도 아내에게 고마워요.

이렇듯 아내의 대화법이 안정되면서 남편도 생각 말하기에 더욱 힘을 얻었고, 우리의 대화는 깊어졌다. 그렇게 함께 유익한 것을 목표로 대화를 이어가며, 두렵고 떨리지만 처음 가보는 이 길을 서로 신뢰하며 조심스럽게 발을 내디뎌 보기로 하였다.

이번 대화에서 나는, 상대방의 욕구에도 진실하게 반응하려고 노력하였다. 상대방의 말을 적극적으로 듣고 공감하여 말하려 한 것이다. 그럴 때 우리는 이 대화가 안전하다는 것을 신뢰할 수 있었고 그래서 마음을 숨기지 않고 솔직하게 표현하여 깊은 대화를 할 수 있게 되었다. 서로에게 상처를 주지 않고 안전한 대화를 이끌어 갈 수 있음을 경험하게 된 것이다.

14주의 부모교육코칭전문가 자격과정을 마친 지금 나의 대화는 이만큼 변하였지만, 앞으로의 대화는 더 건강하게 변화될 것을 기대한다.

완성을 향해 달려가는 미완성

수유부의 건강식

남편과 나는 음식을 특별히 가리지 않고 잘 먹지만 사실 취향은 좀 다르다. 남편은 양식 파 나는 한식 파. 더욱이 수유부인 나는 간식도 자연식으로 챙기는 편이다. 단호박, 고구마, 옥수수, 집에서 직접 구운 달걀 등이 그렇다. 엄마가 건강한 것을 먹어야 아이에게 건강한 것이 전해지고, 아이의 식습관이 건강하게 형성되어 체형은 물론 평생 건강에까지 영향을 미친다고 생각하기 때문이다.

그러나, 겨울이 되어 어찌 찐빵을 멀리할 수 있겠는가! 찬 바람이 불어 따뜻한 먹거리가 익숙해질 무렵, 찐빵을 많이 사 두었다가 필요할 때 바로 쪄서 먹으면 좋겠다는 생각이 들었다. 손쉽게 구할 수 있는 마트형 호빵을 나는 굳이 먹고 싶지 않기 때문이다. 내가 먹고 싶은 것을 구매하려니, 남편이 좋아하는 것도 함께 사야겠다는 생각이 들었다. 남편이 좋아하지만, 하일이의 식습관을 위해서 구매를 꺼려왔던 크루아상 냉동 생지를 말이다! 열심히 검색해서 찐빵은 밀가루가 아닌 쌀가루로 만든 것을, 크루아상도 이왕이면 건강하게 먹을 수 있는 것을 골랐다. 심사숙고해 찾아낸 두 가지 간식을 판매하는 곳의 링크를 남편에게 전달했다. (인터넷 구매는 남편이 담당이다. 할인을 더 잘 받고 포인트도 더 잘 쌓는 등의 이유이다) 그날이 목요일, 내일 오전 중에 주문하면 당일 발송으로 토요일에 찐빵을 받게 된다. (나는 지금, 간식에 진심인 수유부이다!)

남편은 요즘 무척 바쁘다. 회사에서 진급하여 직책과 함께 업무의 양이 크게 바뀌었다. 결재를 올리던 위치에서 결재하는 위치가 되고, 회의와 보고 등 바쁜 일정을 소화하고 나면 정작 본인의 업무에는 지장을 느낄 정도라고 한다. 찐빵 주문을 앞둔 금요일은 가족과 함께 시간을 보내려고 휴가를 내고 집에 있었는데, 휴가가 무색하게 휴대폰과 노트북으로 끊임없이 회사와 소통하고 있었더랬다. 남편의 바쁨과 노고를 잘 알지만, 간식 주문 정도야 쉬는 틈에 잠깐 하면 된다고 생각했기에 독촉하지 않고 귀띔 정도만 하며 때를 기다리고 있었다. 드디어 남편이 정보를 물었고 간식 주문이 시작되는 듯했다. 느낌으로 간식 주문과 결재가 완료된 것을 감지한 나는 이제 마음을 놓고 나름의 내 일들을 감당하는데, 오후에는 왠지 모르게 확인을 하고픈 생각이 들었다.

나: 그대, 크루아상 생지 주문한 거죠?

그: 네.

나: 찐빵도 주문했지요?

그: 아!

나: …?

그: 아까, 잠깐 급한 거 처리하느라 못하고는 잊어버렸네요.

나:….

그: 미안해요….

당황한 기색이 역력한 남편은 '지금 나가서 찐빵을 사 오겠다'라고 하는데 나는 아무 말도 들리지 않는다. 오늘은 금요일, 오전에 주문해야 토요일에 받고, 오후에 주문하면 주말을 지내고 월요일에 발송하여 화요일에 받게 된다. 오늘 포함 무려 5일을 기다려야 한다!

이 모든 내용을 쏜살같이 완벽한 문장으로 앞뒤 맥락의 오차 없이 남편에게 쏟아낼 수 있었지만 참느라, 한동안 대화를 할 수가 없었다.

"아니, 하는 김에 한자리에서 같이하면 되는데, 그게 뭐라고 따로 하느라 잊어요…."

나의 '대화하는 자세'가, 나의 '대화 방법'이 변했다고 생각했지만 나는 여전했다.

> "아까 주문할 때 뭔가 급한 일이 생긴 것 같더니, 그 일을 처리하느라 잊었군요. 그렇게 바쁜데 아내 간식 챙겨주느라 신경 쓰고 주문하느라 애써줘서 고마워요. 다음에는 이렇게 비슷한 상황이 생기면 어떻게 해야 잊지 않고 할 수 있을까요? 할인이나 적립이 조금 아깝더라도 이렇게 급할 땐 그냥 내가 주문하는 것이 나을까요?"

'이렇게 남편의 상황을 먼저 이해해 주고, 그 상황 속에서도 노력해 준 것에 대한 감사를 표현하며, 앞으로의 대안을 모색하는 대화를 하였다면 얼마나 좋았을까?' 하는 아쉬움이 남는다. 지금껏 공부한 것을 실천하고자 노력하며 조심했지만 이렇게 사소한 감정에 무너질 줄이야! 하지만 여전히 불완전한 나를 인정하고 받아들이기로 한다. 한순간에 사람이 완벽해질 수 없듯이 한

발짝 한 발짝 기억하고 조심하며 더 노력하기로 말이다.

여전히 나는 감정을 인식하고 말로 표현하며 상대방을 존중해 대화하기까지에는 큰 노력이 필요하다. "생각은 곧 말이 되고, 말은 행동이 되며, 행동은 습관으로 굳어지고, 습관은 성격이 되어 결국 운명이 된다."라고 한 찰스 리드의 말처럼, 나의 대화가 그렇게 바뀌어 가길 바란다. 대화법이 내 생각에 잘 자리 잡아 그렇게 말하고 그런 말들이 습관이 되고 그것이 나의 성격과 인격이 되기를. 그렇게 아이들도 배워가게 되기를 바라며 오늘도 생각하며 공부하고 훈련의 걸음을 이어간다!

부부, 대화가 필요한 사이

초판인쇄 2022년 9월 19일
초판발행 2022년 9월 26일

지은이 이주연 외
발행인 조현수
펴낸곳 도서출판 프로방스
기획 조용재
마케팅 최관호 최문섭
편집 강상희
디자인 호기심고양이

주소 경기도 고양시 일산동구 백석2동 1301-2
넥스빌오피스텔 704호
전화 031-925-5366~7
팩스 031-925-5368
이메일 provence70@naver.com
등록번호 제2016-000126호
등록 2016년 06월 23일

정가 15,800원
ISBN 979-11-6480-253-1 03810